遥远的归途

〔伊拉克〕福阿德·提克里利 著
杨孝柏 译

華文出版社
SINO-CULTURE PRESS

الرجع البعيد

فؤاد التكرلي

目录

001

第一章 / 001

第二章 / 013

第三章 / 027

第四章 / 043

第五章 / 063

第六章 / 079

第七章 / 089

第八章 / 099

第九章 / 107

第十章 / 123

第十一章 / 147

第十二章 / 163

第一章

她们两人缓步穿过凯拉尼大街，踏上了一条土路。殷红的阳光斜射过来，把影子拖得很长。努莉娅对外孙女说：

“珊娜宝贝儿，别走那么快啊！”

“哎，姥姥！”

黄昏前，身后的那条大街熙熙攘攘。幸有微风吹来，把那片嘈杂送到了远方。路灯尚未亮起，但脚下的路仍清晰可辨，只是行人的面庞已略显模糊了。

“姥姥，大饼还挺热的呢！”

“愿安拉的恩赐永世长存！”

“愿安拉赐恩，姥姥。”

“好啊，珊娜宝贝儿。要学着这么说话，嘴里要总念着安拉的尊名。”

“知道了，姥姥！”

那一兜水果、鸡蛋、蔬菜挺沉的。努莉娅总在走着上坡的路，每跨一步都觉得气喘。她的步子放慢了，把兜换了一只手提。而那小姑娘提着瓶牛奶，抱着一摞热大饼正摇摇晃晃地走着。

“咱们歇会儿吧，姥姥，您累了。”

“不用了，珊娜，离家不远了。”

就在这时，努莉娅看见一个人从近处一条胡同的拐弯处走了出来。那人高高的个子、胸部挺起，步态蹒跚，看上去似曾相识。努莉娅转念一想，自己怎么能在这片昏暗中辨认出某个人来？况且那人不是早就已经远离外出了吗？

“停下，珊娜！我想歇会儿。”

“哎，姥姥！我说您累了嘛！”

那人跌跌撞撞地走着，几乎碰到墙上，只是在最后一刹那才调整过来。努莉娅听到了他的咳嗽声，咳得连身子都晃动了。不，她没认错，最好别让这小丫头瞧见。可是，又是哪股邪风把他从科威特吹回来了呢？

“姥姥，大饼还热乎着呢！”

“宝贝儿，我知道了，咱们走吧！”

“好的，姥姥。”

见那人往前走着，努莉娅觉得，他好像也跟别人一样，挺正常的。谁知道啊，也许，别人都死掉了，这个孬种竟然还会活着！但愿小丫头别瞧见他才好。可那人却像头犟驴似的，居然站住不动了。努莉娅只得转眼去看自己提着的东西，一边喘气儿，一边说：

“珊娜宝贝儿，就得这样，嘴里要总念着安拉的尊名！要不，我来替你拿着大饼吧！”

“不用了，姥姥，我会当心的，愿安拉赐恩！”

“好，好，那咱们走吧！”

两人向前走去……

嘎吱一声推开大门，扑面而来的是家里的一片嘈杂。踏上院子的硬砖地面，努莉娅这才舒了口气。只见小丫头匆匆向近旁的厨房跑去，一楼又传来了女儿梅蒂海的叫声：

“谁回来了？妈？珊娜？”

小姑娘答应着：“妈，是我们回来了，我和姥姥。”

努莉娅倒在厨房角落的一张小板凳上，把兜放在了地下。走这么长的路，她累了。又觉得心里隐约有些不安。这会儿，那家伙来这儿想干什么？她看见外孙女打开一口大锅，把大饼一张张地排在里面，然后又提着奶瓶朝冰箱走去。

也许，人家弄清了他的底细，把他从公司里赶出来了？可是，他还会跟自己这家人再来一手吗？只听见女儿梅蒂海在门廊里唤道：

“妈，妈，您在哪儿呢？在厨房吗？”

“在，好闺女，在，你来一下。”

“这就来！”

老太太们的屋子里传来一阵叫嚷，那是她母亲和她男人的姐姐住的一间屋子，两个老人总是无缘无故无休无止地打嘴仗。女儿的身影出现在楼梯口，正向自己走来，身材修长、丰腴。努莉娅唤道：“梅蒂海，把灯打开。”

女儿稍停片刻，便打开了厨房入口处的那盏电灯。努莉娅起身将鸡蛋放入冰箱，这才发现，小丫头不在厨房。见梅蒂海走近，便问：

“珊娜呢？”

“上楼去了。”接着，又匆匆问：“妈，你们在路上碰到侯赛因了？”

“是珊娜跟你说的？”这么说，这事儿没逃过小丫头的眼睛，“我还以为没让她瞅见呢！那家伙喝醉了似的，咱们跟他没什么关系了。”

“嗯。”

接着，梅蒂海长长地叹了口气，以此表达自己和那人之间所发生的一切。努莉娅沉默着，虽然和梅蒂海是母女关系，但她觉得，不能对这件事说三道四。女儿又说：

“我知道他在那儿待不长。卡赛姆是什么人哪，他说了，科威特又把在那儿的伊拉克折腾得够呛。侯赛因是想去讨生活呢！又热，又缺饮水，待那儿干吗？”

努莉娅忙着从冰箱里取出晚饭要吃的东西，冲女儿道：

“闺女，咱跟他没什么关系了。这家伙把你和你的两个丫头扔下都两年了，也不问问，也不寄钱，也不来个电话捎个信儿什么的，就这么不死不活的，安拉能容他这么着吗？”

梅蒂海吃力地站起身来，答道：“是啊，妈，是这话，我也是这么说呢！”

两人听见楼上嚷嚷起来：“米德哈特他妈，努莉娅，你们做饭了吗？米德哈特他大姑说是饿得心慌，要一张热大饼和两个羊肉串儿，还要蔬菜和泡菜呢！”

努莉娅走出厨房，冲她母亲喊道：

“妈，您急什么呀，就有鸡蛋和菠菜，咱们这就一块儿吃，这不是在等着米德哈特他爹吗？！”说着，又转向梅蒂海：“你爹呢？还有米德哈特和凯里姆他们呢？”

“我爹去聚会还没回来，米德哈特在屋顶平台上散步呢！”

楼上又传来一阵嘟囔声：“这不是欺负人吗？！安拉至大！这才叫饱汉不知饿汉饥呢！您听见了吗，说是没吃的，没晚饭，味儿都钻到咱们鼻子里来了，还说没吃的，没有羊肉串儿，也没奶粥？”

梅蒂海对母亲道：“妈，不给她们填饱了，会闹翻天的。我来做饭吧！”

“那我呢？你爹这会儿就回来，咱们这就做晚饭。凯里姆上哪儿啦？”

梅蒂海两手放在腿上，愁眉苦脸地盯着地面，说：“我还真不知道。只是见他这几天挺忙的，每天下午出去，到半夜才回来，也不知道在忙些什么。”

听女儿这么说，努莉娅觉得心里好像被扎了一下。莫非在这个家里，还有什么事情，特别是关于自己小儿子的事情，她还一无所知吗？

“梅蒂海，你这是什么意思？他怎么啦？我瞅他没什么呀！可能他是愿意跟福阿德一块儿读书吧，他跟你说什么了？”

“没有，他能跟我说什么？要是他们打这会儿就开始准备考试，那才好呢，太好了！”

努莉娅听见一个人迈着重重的脚步，正穿过走廊，便道：

“这是你爹。梅蒂海，拿平底锅来，我来煎鸡蛋。”说着，便站起身来，又听女儿在她身后道：

“妈，别跟我爹提侯赛因的事儿，没准儿这事太太平平地就过去了。”

努莉娅迟疑了一下，这才答道：

“但愿如此，闺女，但愿如此！”

门嘎吱一声，只见丈夫已站在厨房门口。

“晚上好！”

“孩子他爹，怎么耽搁了？聚会怎么样？”

“这不都晚了，他们还要留我吃饭呢，可我没同意。这帮年轻人，我可不待见他们那种样子。有的站着，有的坐着，进进出出的，全盯着门口，想要政府派人来听他们的意见呢！主啊，咱们就规规矩矩地待着吧，你跟政府说得上话吗？”

努莉娅从女儿手中接过煎锅和鸡蛋，说：“这可不是他们的错！”

男人抹抹额头，对女儿梅蒂海道：“丫头们呢？怎么没个动静啊？”

“让她们上楼复习功课去了，明儿要考试呢！”

男人站起来道：“我上楼看看她们去。米德哈特呢？”说着，不等回答，就慢慢朝楼梯口走去。

努莉娅将目光转向女儿，只见她慢吞吞地、心不在焉地擦着手里的一只玻璃器皿。努莉娅不想跟她说什么，可又忍不住。

“梅蒂海，你怎么啦？”

梅蒂海抬手轻轻抹了一下眼睑。虽说她那圆圆的面庞隐约可见，但努莉娅还是不知道自己的闺女是否真的哭了。还想问时，梅蒂海却轻声道："安拉怎么不来解救我和我那两个丫头呢？我这是什么命啊？"

努莉娅把煎锅从火上移开："我说，干吗这么折磨自己？干吗呀？你住在你爹家里，这不都好好的，是不是？难道你只是我们的房客？你倒说呀！闺女啊，一个人，总要感赞安拉才好。你爹还活着，感赞安拉，景况还不错。你的几个兄弟也还在，托安拉的福啊！那个侯赛因，愿安拉对他满意，为他的所作所为给以报应，咱们就随他去吧！梅蒂海宝贝儿，你是个明白人，知道我有多么珍视你，心疼你，你可是我的心肝宝贝儿啊！"

说着，就轻轻地将她搂在怀里，吻着她湿漉漉的脸颊。努莉娅觉得，她仿佛还是个五岁的小姑娘，还没见过世面，没尝过人间的艰辛。这么一想，努莉娅就觉得心酸。

梅蒂海又喃喃道："妈，这些我都知道。可这算是过的什么日子啊？不死不活的。我也一天天老了……"

"忍忍吧，闺女。这也不是第一次了。这是你的命，我的心肝。安拉会来解救的！"

努莉娅转身把煎锅又放回火上，听见梅蒂海用坚定的口气说道：

"不，不，妈，这回我要见见他。我知道，他是回来看女儿的。可是，我要当面跟他理论理论。我们不需要他，我有工作，有薪金。我爹——安拉保佑——他照顾着我和我的丫头。不过，他也应该知道，我不是一个没用的女人，不是一个后备老婆，想来就来。这种时代已经过去了！"

小丫头苏哈的声音把梅蒂海的话打断了："妈，妈，我饿了。太姥姥问，咱们今儿晚上还吃不吃饭？"

梅蒂海喊道："吃啊，苏哈宝贝儿，咱们要吃的。饭这就好。你们功课都做完了？"

"嗯，妈。我做完了，可珊娜还没呢！姥爷说她不好，懒！"

屋里传来珊娜的大声尖叫："撒谎！妈，我也做完了。姥爷没说我什么，苏哈是在撒谎！"

听着她们斗嘴，努莉娅根本没往心里去。她想把晚饭和家务全忙完，好安安静静地跟女儿谈谈，弄明白她是怎么想的。

"盘子都预备好了吗，梅蒂海？"

"都好了。"

"我说，你让苏哈去叫她舅舅米德哈特，让他下来。这么冷，还在平台上散什么步？我不明白，凯里姆是不是要在外面吃晚饭？"

梅蒂海从黑暗的厨房里走出，用手心抹了抹脸，叫道："苏哈，苏哈！"

小丫头远远地应了声。梅蒂海要她上平台去告诉舅舅米德哈特，晚饭已经准备好了。说话时，梅蒂海的声音不时有些颤抖，努莉娅觉得，闺女一下子老了。

努莉娅离开卧室，让丈夫自己在屋里抽他的最后一支香烟。漆黑的天幕上镶嵌着颗颗繁星，并染上几片白云。努莉娅凭栏而立，那木头栏杆，已有些朽蚀了。院子里黑洞洞的，像是个井口。她想起小儿子阿卜杜勒·凯里姆每晚迟归，已变成令人生疑的常事。又见米德哈特屋里的灯亮了，便朝那屋子走去。她累了，步履颇觉艰辛，真希望也能倒在松软、温暖的床上，躺在丈夫身边。她丈夫不明白，她为什么要去子女们的房间，还以为她是要去看电视里夜间播放的电影呢！

米德哈特屋里的灯光很亮，努莉娅探头进去，却见他并不在里面。只听见从院子的另一边传出声音道："我在这儿呢！有事儿吗？"

努莉娅立即转过身去，却未能看清远处的身影。米德哈特正面朝着她，暗淡的灯光下，好不容易才看清楚了。努莉娅问："米德哈特，在外面干吗呢？”

“散步，散散步。”

“好啊，慢慢溜达吧！不冷吗？”

“不，不冷！”

努莉娅不敢问他，他弟弟为什么每天都回来得那么晚。跟她谈话，米德哈特总是说得不多。虽然她可以肯定儿子很爱自己，可他却不愿跟自己多说话。努莉娅在石头门廊里一边走，一边盯着那个正缓缓挪动的矮个儿身影。他有些地方很像他爹，特别是那个火暴脾气。愿安拉让他有他父亲那样的好运！

还没走到女儿的房间并打开房门，努莉娅已经听到了房里杂乱的声音。母亲和米德哈特他大姑坐在电视机前的椅子上，女儿梅蒂海躺在一张大木榻上。在她身边，两个小丫头已经睡着了。

见努莉娅进来，老母亲便对她道：“努莉娅，过来，听听我们怎么说。你看啊，努莉娅，你外甥女玫丽海是巴古拜[①]那个长老的老婆……”

索菲娅姑妈打断道：“老太太，他算是哪门子长老啊，他是个卖菜的！”

“那有什么？长老也好，卖菜的也好，他钱可多着哪！安拉厚爱他嘛！”

“是啊，安拉厚爱他。可他不是长老！”

老母亲又对努莉娅道：“我们是在说你外甥女玫丽海，阿德南他妈，她有几个儿子几个闺女来着？”

索菲娅姑妈急忙道：“三个儿子，三个闺女！”

努莉娅表示同意：“完全对，你们跟我一起算算吧，阿德南是她大儿子，然后便是萨阿班和苏莱曼；闺女是赛莉嫂、法晞嫚和碧德阿，头两个是双胞胎。”

老太太疑惑地叫了起来：“那穆妮兰呢？那个挺俊的女教师，不是

---

① 巴古拜（Ba'qubah），城市名，距巴格达东北70千米。——译者

玫丽海的女儿吗? ”

努莉娅笑了，正要回答，索菲娅姑妈却抢着说 :“我的好老太，您糊涂了! 有老祖宗不知道自己外孙女的吗? 穆妮兰是努莉娅她姐姐纳姬娅的女儿! ”

“是的，妈，您怎么都搞乱了? 穆妮兰跟玫丽海是姐儿俩，是我姐纳姬娅的小女儿，她哥叫穆斯塔法，您怎么都忘了? ”

老母亲道 :“谁忘啦，努莉娅? 有谁能忘记自己的子孙? 只是他们都住得太远，我已经有好几个月谁也没见着了。等天暖和些，我得去一趟巴古拜。”

索菲娅姑妈道 :“您就好好待着吧! 什么来啊去啊的，他们假期里就要来的! ”

“谁啊? ”

“还有谁啊，穆妮兰跟她妈呗! 您还想让阿德南他妈和她那群孩子都来? ”

“不，阿德南他妈谁要让她来啊! 都好几年了，谁也见不着她，总是怀了生，生了又怀! ”

努莉娅感觉坐得不太舒服，似乎浑身骨头都挪了位置。她想着两位老太太谈起的关于她姐姐和她两个女儿的事，这一切，现在她都记得不太清楚了。这时，只听老母亲对她道 :“努莉娅，有人敲门! ”

索菲娅姑妈嘴巴不再咀嚼，仿佛留意了一下，随后道:“不，没什么。这么晚了，有谁会敲门呢? ”

努莉娅犹豫不决地喃喃道 :“妈，我总听有人敲门，有时可能耳朵不好使了，有时……”

索菲娅姑妈接口道 :“我说，你去看看嘛! ”

“哎，他姑，我去看看。可能是我听错了。”

这时，她们全听到一阵走近门口的脚步声。米德哈特探进头来，对他母亲道：“门敲了已经有五分钟了，难道凯里姆没有钥匙吗？”

努莉娅一惊，匆匆站起来，对米德哈特道：“怎么没钥匙啊！每天晚上他回家，咱们都不知道，今儿晚上干吗要敲门？我说米德哈特，你怎么知道准是凯里姆？”

米德哈特一边往外走，一边答道：“我不知道，只是猜猜。我去看看门外是什么人。”

努莉娅匆匆跟了过去。米德哈特轻轻穿过狭窄的门廊，朝楼梯走去。努莉娅突然感到一阵不安，努力使自己跟上儿子。夜晚的这种时分，有人敲门，这很不寻常！努莉娅走下梯级时想，该去告诉一下丈夫才好。

两人走到几乎一片漆黑的院子中央，门又不断地敲击起来。努莉娅的心猛烈地跳动着，有好几次，她都想，侯赛因跟这事儿有关。也许，他喝完酒，便以自己的行事方式来谋求和解了！

米德哈特打开大门上的电灯，努莉娅立刻看到了他那张消瘦、僵硬、表情紧张的脸。他们离大门还有几步时，狭窄的走廊里又传来了急剧敲门声的回响。米德哈特喊道：“谁啊？”

阿卜杜勒·凯里姆的声音立即答道：“是我，凯里姆！”

听到二儿子的声音，努莉娅的心终于放了下来，这才道：

“凯里姆，这么晚了还来吓唬我们，你这开的是什么玩笑啊？”

米德哈特忙着打开门闩，什么话也没说。暗淡的灯光下，努莉娅看见了他消瘦的双肩，心中不禁涌出对儿子的万般疼爱。虽默然无语，可她心里是多么地爱他们啊！

当见到凯里姆时，她并未察觉儿子有什么异样。凯里姆歉然道，他把钥匙给丢了。随后，便越过他们身前向里走去。他的声音十分沙哑，有些语不成句。不知为什么，步子迈得很快。

努莉娅跟在他的身后，米德哈特留下锁门。努莉娅跟他说，让他走慢些，可凯里姆似乎没有听见。努莉娅在光线幽暗的院子里几棵小树旁停住了脚步，倾听着阿卜杜勒·凯里姆走上楼梯的声音。有一两次，或两三次，他好像是绊倒了。当米德哈特默默地走近时，她没有把这告诉他。

两人穿过院子，走上幽暗的楼梯。努莉娅使劲儿让自己的腿迈得快些，好赶上凯里姆。米德哈特明白她的心思，在走到自己房门前时，对母亲道："妈，您去瞧瞧他这是怎么啦，可能他跟您说更方便些。"

努莉娅点了点头，便朝隔壁阿卜杜勒·凯里姆的房间走去。房间里灯火通明，把洁白的四壁照得很亮。阿卜杜勒·凯里姆已脱去外衣，坐在床上，迷惘讶然地盯着自己的裤子和双手。努莉娅一走进屋，他就抬头看着母亲，目光中流露出内心的极度纷乱和不安。他惊慌失措、忐忑不安、渴望救助。努莉娅在他裤子的上端和白衬衣的下部看到一片暗红色的斑渍。凯里姆的目光和脸上的表情使她觉得害怕，她赶紧过去，扑倒在儿子身旁："凯里姆，我的儿，你怎么啦？宝贝儿，你这是怎么啦？"

凯里姆的两只手在抖，在颤抖，他喊道："血，这是福阿德的血！妈，这是福阿德的血！"

接着，他又像疯了一般地嘶叫道："福阿德，是福阿德的血！"

努莉娅下意识地把凯里姆两条发抖的腿搂在怀里，然后便大声地呼叫着米德哈特……

第二章

大家都聚在客厅里，聊天、喝茶，然后还是聊天。而我，则躺在病床上，听他们闲谈。我想，他们会来这儿看我的。虽说我更愿意就这么听着，并不想看见他们，但我知道，见到她，我会高兴的。所以，我就这么待着，等他们说完话上这儿来。

蔚蓝的天幕下，邻家的高墙上映出落日的最后一缕红光。进入六月了，我们本是习惯于搬到屋顶平台上去睡的。很多年了，到五月底我们就搬到平台上去。可今年，我们至今还睡在屋里，只是在夜里把窗户敞开而已。

我想，已经有好几个月没有见到她了，大概有五六个月了吧！自从她离开巴格达，当了教师，见不到她的日子就变得很长很长了。

我真不愿意自己病成这个样子，只要淡而无味的话说多了，或者看几页书，就会觉得头晕。正因为病了，才没能参加考试。我的这些事儿，她肯定都已经知道了。这世上，没什么事儿是总能掩人耳目的。再说，人难免有病，而我自己又很不注意。关爱并不能赋予你一切，所以，我母亲仅以她的爱心亦未能使我身体康复。就这样，我依然卧病在床，却并无明显的病症。

他们都到我屋里来问候了。她——我表姐穆妮兰、她母亲、我哥米德哈特、我母亲和我姐梅蒂海。她穿着件黑色的长裙，使描在蜜色眼睛外的那圈青黛更显浓重。肩头还裹着一袭披肩，而她那美丽的脸上，却浮现出一种显而易见的忧伤。我俩分开了有些时日，再相遇时，却怎会见到她惶惑的目光？几缕金黄的卷发毫不经意地覆盖在额头，她说完话总要咬一咬下唇，而两眼却是局促不安的。这种不安的眼神，我也曾见到过一次，在何处见过？往日何时曾在我眼前显现？

那是福阿德的一双眼睛，那是在一个秋日的晚上。像她一样，福阿德的两眼里闪烁着炭火熄灭前似的最后一点儿亮光。虽说天气尚暖，他却在发抖。他手指的每一个动作，他双唇的每一次翕动，他目光的每一回飞速顾盼，都令我陷入了深深的不安之中。他并未向我吐露半点儿内心的思虑及在那个秋夜的感受。我看着他，那是在河边贝尔姬丝咖啡厅的平台上，天空一片苍白，他被笼罩在夜色之中……

我又看见了眼前的穆妮兰，在她那两眼明亮的蜜色中，隐含着一种像福阿德那样的秘密。她略显忐忑地与我交谈着，询问我的病情、考试，并问我到底是怎么回事儿。她说话时，我并未好好地听，觉得有些热，额头沁出了汗珠。我只是朝她微微一笑，她也报以一个淡淡的笑容，却没有注意到我憔悴的神色。我并不是她所向往的那种人，在过去几个月里，她对我的许多事情都一无所知。我病了，这谁都知道。我深知自己生活在病中，再没有什么可以来取代这病了。是病，才使我和穆妮兰接近起来；是我的病和她的病，才把我俩凑到了一起。

突然，他们都站起来要走，打断了穆妮兰在我房里逗留的这片刻时辰。这都是因为我母亲，她仿佛察觉出，我已经十分虚弱无力了。

他们都走了，穆妮兰跟在后面并在门旁站定，向我转过身来。她脸色萎黄，模糊的轮廓中只能看清那蜜色的双眼。她认真地祝愿一切均能平安过去。披肩下，显出左侧高耸的胸脯。从她那忧伤的声调中，我已明白，她也在期望自己平安无事。

人都走了，屋里出奇地空旷。我躺在床上，再一次却并非最后一次自问：我为何会病成这个样子？在他们给我留下的灰暗之中，我真希望自己也能随同他们一起出去。穆妮兰的身影，使我希望自己能恢复健康，去热爱阳光。虽如此，但我却依然无力起身去打开电灯的开关！

从长方形的窗框中，我看见一片苍白、柔软的天空，带着淡淡的蓝色。天空下，邻家黝黑的墙头，抑郁、呆滞、毫无生气。我慢慢地从床上爬起，倚立在门旁。看来我并未高估自己的虚弱，必须既不夸张又不幼稚地无视并接受自己患病的现实。我只见头顶展开了一片云天，目光从而得以舒展。

外甥女苏哈从索菲娅姑妈的房里蹿出，见我那样伫立着，颇有些惊奇。她随即喜形于色，兴冲冲地告诉我说，大伙儿已决定，今晚就上平台去睡了。这姑娘简直就是只会唱歌的小鸟。自从穆妮兰和她母亲来后，我就估计全家都会搬上去的。因为要很快找到安置这两位的地方，也并非易事。

上屋顶平台去过夜这个想法，竟让我高兴起来，仿佛自己也能一块儿去似的。可这时，又感到一阵头晕，于是便回到床上，又陷入了对那件事的沉思之中……

一位警官往前跨进了两三步，在把我捆绑住的那把椅子不远处站定。像一只孔雀似的，两眼能冒出火来。他一会儿像盖世太保军官似的站着，一会儿又摆出一副西班牙监察厅人员的样子，盯着我的眼睛，说道：“你要知道，我的职责就是要以谋杀、懈怠、背叛的罪名逮捕你！”

随后，又行了一个比那几句话更令我觉得恐怖的希特勒式的军礼。我四肢冰冷、僵硬，浑身是汗。我并未被绑住，但我觉得自己已被五花大绑了。他又说：“你要明白，作为一位高贵的官员，作为一个公民，对每个被控谋杀、懈怠、背叛的人，都必须逮捕！这世道，你以为我们还能怎么干？”

又一个奇怪的军礼。他第三次说：“甭再转别的念头了，只能承担谋杀……懈怠……背叛的罪名！”

那人胸前挂着一枚圆圆的像章。说完话，他就用手使劲儿地冲像章指着，这回没再行军礼。那像章迅速移至我眼前，恰似电影的一个近景。这时，就在这时，我喊了出来。我喊着，喊着。图案的线条，像蚂蚁在泥地上留下的痕迹，纷纷杂杂。但明明突现出一个形象，那就是福阿德弥留时刻的面庞……

晨曦初透，我却想叫，想哭，想把自己的悲号随同喷薄欲出的晨光一起迸发倾泻。我从床上坐起来，凝望着窗外的长空。浑身都是又冷又黏的汗水，呼吸局促，胸口发闷。我拿起一块母亲放在我身边的布，擦了擦汗，然后便哆哆嗦嗦地站起来，想走出屋去。早晨的冷风令我略觉清爽，我缓缓走向客厅的冰箱，喝了点儿冰水，然后又用杯底的剩水抹了一把脸。大地一片寂静，静得像是座被挖开的坟茔，除了我别无他人。我手扶栏杆，凭栏而立。

为什么我会遭遇这么多可怕的事情？我希望能像旁人那样，得病、康复。但却并不是疾病，而是一种思虑在把我吞噬。一种莫名的思虑，一头野兽，正扒在我的肩头！

我浑身无力地回到房里，躺在床上。从敞开的门外，看到天空已像溪水般在闪光。太阳再过一个小时或更晚些才会升起。不知从何时开始，我已变成孤独一人。在这种事情上，岁月若无所作为，那我岂不是已判定要像现在这样终老此生？我并未犯罪，但我也绝不是无辜的。我所经历的事，只有自己清楚。也许，只有我自己才能去寻找答案。如果说我怕痛苦，怕忧伤，怕悲愁，怕良心的谴责，怕这些会在睡梦中追逐我的魔影，那么，我肯定还须做好准备，去接受即将为我宣布的更严酷的裁决……

那时，福阿德正沿人行道走着。消瘦挺拔的身材，背部却略显弯曲，步态稍有些踉跄，暮色从四面八方向他袭去。

那天晚上，我俩一反常规，早早地便分手了。那座大宅门里空荡荡的，看见那个姑娘从中走出，并朝我做了个特别的手势。当时我便以为，一切终于自然而然地完成了；当时我还以为，福阿德已经获其所欲，或得到了如此这般的欢娱。从那扇门内出来时，我却只见他脸色苍白异常，苍白中夹杂着极度的萎黄。一双红红的眼睛，茫然无神，没有一丝光芒。

他匆匆把我拉走，不愿再见到那姑娘。我觉得，他的手指冰冷黏湿，没有一点儿气力。他走在我前面，在路上迈了几步，随后便倚在旁边院落的篱笆墙上。我惊惶不安地凑近去，以为他病了，觉得恶心，想吐。但他却没吐，只是在抖，浑身发抖，连鼻孔都在抖。我默默地将他扶住，用双臂把他搂在怀内。他一动不动，像一只垂死的小鸟。我搂着他，只觉心似火焚。虽然对什么都并不知情，我却依然只字未问。那是沉默的时刻，已不需任何言辞。时光一刻刻地过去，如若度过了漫长的痛苦岁月，我俩恰似已接受了命运判决的两位老人。

只见他闭着双眼，随后发出一声哀号似的长叹，挣脱了我的拥抱，沿人行道离我而去。他就这样在人行道上走着，我此生都将把这一形象留住。

那时，他还没死，还像一朵沾满晨露的鲜花。让他从人间消失，对谁都毫无裨益。只要我拒绝他的消亡，拒绝那灿烂光辉的消散，这就行了。因为，他是我活着的希望，是我继续活下去的希望。

第一个从屋顶平台上走下来的那人的脚步声打断了我的沉思。那脚步轻轻的，我还以为是我母亲呢！步子那么轻柔，仿佛怕伤了脚底下那地面的感情。莫非她永远是爱的源泉？也许由于为我担心，才使她这么早就惊醒？楼梯间的门，正冲着我的房间。我想，她只要穿过这中间的门廊就会看见我的。

再过一会儿，太阳就要出来了。水晶般的天空，为院子、门廊、陈旧的墙壁抹上了一片柔和的清光。只见她从上面下来，出现在楼梯口，缓慢的脚步轻得像一只小鸟。随后，便用手扶住了近旁的栏杆。

她很苗条，穿着蓝色的长裙。肩胛、脖子赤裸，胸口雪白，双手扶着栏杆，目光低垂。这时，我心灵经历了片刻神秘的、无比美妙的瞬间。此时此刻，见到她这般模样，令我讶然，让我喘不过气来。不，她不是我所熟识的表姐穆妮兰，她是我迷茫生活中涌动的光芒，是我的悲愁和痛苦的追忆，是我的爱，我的情，我的痛，我的病。

她静悄悄地站着，仿佛是来自苍穹的一个天仙。她举手撩开额头那缕长长的秀发，开始用目光扫视宅院中的一切。当她的目光漫不经心地掠过我的卧室时，我真怕自己会被她看见。也许由于我的存在，由于看见我，会对她的情态构成一种亵渎，因为那远不是凡人的一种情态。她在祈祷，她心中在祝愿着一件神圣的、与我毫不相干的事情。看着她，我显得多么渺小。

做完晨礼，她便像一个影子似的向我姑妈的屋子走去。她一走，我便觉得累了。我没想过要出去见她。凉爽的微风抚摩着我炙热的面庞，我闭上了眼睛。也许我那时正在发烧，或者又发病了。但是，我心中却充满并涌动着一种奇异的感情。我又想起了那段令人痛心疾首的往事，一段逝去的痛苦生涯。不，福阿德没有走，没有从我的生活中离去，我也没背叛他，一刻也没有，绝没有！他还以某种形式活着，活在这个有许多地方让我难以捉摸的穆妮兰的身上。夜里，福阿德依然在将我牵引到他的身边。我能感受到他的牵引，他是在牵引着我……

那是一个秋天的晚上，在贝尔姬丝咖啡馆一张肮脏的满是尘土的小桌旁，他两眼通红，坐在我的对面。我们登上咖啡馆的屋顶平台，是为了避开那些俗不可耐的顾客。只见他一反常态，激动得发颤。我很担心，他从没这样激动过。他平时总是慢条斯理、深思熟虑的。只是他并未察觉，从谈话中我已知道，他的魂丢了。

那姑娘是他邻居，只在他们家旁边一幢简陋的房子里住了两三个月，然后便搬走了。他们是一辈子都受人指责的那种人。据说，她父亲是个军官，爱上了她母亲，一个美丽的阿拉伯乡下姑娘。跟他成了亲、生养后就随部队走了。她收到过他的几封信，随后便再无消息。姑娘的哥哥无力使这个家庭靠向平安之岸，养家的重担全落在了母亲的肩上。

那时，福阿德刚十七岁，而那姑娘还不满十五岁。少年之恋，却难以泯灭。犹豫一番后，福阿德终于跟我谈起那位姑娘了。这似乎对他很难，颇感羞涩。他从未跟那姑娘交谈过，也不想那样。自他们从隔壁搬走后，四年来他一直在追寻着他们的踪迹。对他来说，那姑娘便是他的一切，是人生的象征，是他梦想的生活。

可是，那姑娘对他却一无所知，他也并不想让那姑娘对自己有所了解。只要有她在自己心里，并点燃一支永不熄灭的火把，他别无所求。他本想将承传自姑娘祖辈的那些流言拒之门外；他本想仅与她处在炽热的爱的巅峰，让生活永远如此而不必达至任何终极；但他却不断地深受煎熬。事情似乎并不正常，难以令人接受。他想给姑娘写信，和她说话，和她结为夫妻，然后，再把她忘却，再任她信马由缰，这才是合乎逻辑的，这才是符合他的思路的。那么，就这样跟踪她，盯着她定期变换的住所，注视着她的一举一动、一进一出，又有何益?

姑娘的命运，并不迎合自己的走向。那可爱的女孩所面临的，是一种悲惨的、讳莫如深的生活。她像自己一样，也只是在等待着那种生活的到来……

福阿德用双手捂住眼睛，沉默不语。那是一个秋天的晚上，只见染红的天空布满了迅速南飞的乌云。我没有打破他的沉默，我对这一切还很难理解。有一次，他曾告诉过我，大约有一年多吧，竟失去了她的行踪。他自己也不知为什么，只是为那姑娘担心，因为，她面临的只可能是一场悲剧。他觉得，自己像是被判了死刑，不知何时会终审执行。福阿德依然捂着两眼，却突然说，他在一次偶然的机会，发现那姑娘已进了一家娼门！

我握住他的双手，把它们拉下来。我要看着他的眼睛，以便将他的话当真。他两眼通红、湿漉漉的，避开我的目光，紧紧地拽住了我的手指。坐在福阿德的身边，看着乌云密布的天空，闻着带有河水湿润气息的秋日寒气，我只觉得，四周一片莫名的悲哀在向我们袭来。

他的声音里，没有激愤的口吻，没有似泣的哀诉，只是跟我讲述，他是如何看见那姑娘的。他浑身无力，茫然地注视着那位姑娘，约有一个时辰。可姑娘却没回头看他，没对他特别留意。不是他自己选择了一种不闯入姑娘生活的方式吗？随后，他便觉得应该离开了，这样面对姑娘坐着，恰似身处一个难以忍受的真正的火狱！他再没勇气独自上那儿去了，对他来说，令人惶惑不安、撕心裂肺的黑夜变得更加漫长。

从他向我投来的目光，从他虽依然闪亮却颇显疲惫的双眼四周因失眠而密布的黑色纹络，从他的沉默，从他那无可奈何地垂放在桌上的双手，我看得出，他是在向我呼喊，向我求助，让我能体察他这悲苦的生活。我没有想到，绝没想到，在黑夜的尽头，有一种东西，叫作死亡！因此，我真诚地怀着颗温柔的心，拍拍他那滚烫的手，问道，何时我们同去那座青楼？

我本以为，当我们走进那个阴森的宅门，坐等着那姑娘的到来时，他的感情，便算有了个结果；以往的一切遐思，有关爱及诸如此类的一切幻想，便都可以放下；一切的一切，都应该各就其位了。

她很瘦，非常瘦，动作显得很吃力。她的脸上，能吸引人的只有那双被黑色睫毛围着的眼睛。她在我们身边坐了下来。我注视着她，想了解为什么在她身上、脸上及神情中会有一种隐约的清纯？而这时，我却听到了福阿德急促的呼吸声，从那张面对姑娘的苍白的脸上，可看出他内心是多么痛苦。他两手的指头，全都扭结在了一起。

姑娘对我们谁也没注视一下，只是整了整她短短的乌发。而福阿德脖子上的血管，却随着他急促的呼吸在拼命地起伏。这两个人，想获得人间的幸福，是没有任何希望的。面前的路，全都堵死了。也许，我所以为她身上具有的那种清纯，只是因为福阿德的话影响了我，只是出于我对他的同情而产生的吧！但我还是沉浸在他们两人悲剧的阴影之中。我可以说，那姑娘平庸薄命，这对我无妨，反可令我冷静地思考如何了断。

可是，夜很短暂。有个蠢家伙并不想让我们随意地感受这种处境，他背着我和福阿德朝姑娘招呼了一下，于是我们只能撤离。就这样，展现了空洞的一幕。在随后的日子里，他依然向我倾诉，表达内心的忧虑不安，接着便是夜访和无缘无故地撤离。我并不觉得拖累或厌烦，只是有时也会为他的软弱、羞赧、胆怯而不悦。随之，便有一种垂死挣扎、徒劳无益及耻辱的感觉向我扑来。

那天晚上，我看见那姑娘穿着件浅绿色的衣裳，目光及举止中露出一种轻佻。当时我感到——仅仅是感到而并不想当真——她是在取笑我们？我正想说点儿什么，也许是几句呵斥、嗔怪的话，也许是约请，但我终究什么也没说。只见福阿德温柔地拉着她的手，跟她走了。我永远不会忘记他与姑娘走进那扇门时向我迅速投来的一瞥，莫非，他将领略到从未品尝过的一种真谛？

后来，就在那天夜里，当我们出来后，他走在我的前面，我想问问他，有什么要对我说的。只见他的身影跟我拉开了一段距离，我便觉得一种犯了过失的情结缠绕在自己心头。当时，他沿人行道走着。见他一个踉跄，我便冲他喊了声。他身材消瘦挺拔，在暗淡灯光的笼罩之中，步履踉踉跄跄。我又招呼了他一声，只见他高举右手，表示已听到了我的呼喊，随后便用手捂住了脸。莫非，他在哭泣？我赶紧朝他追去……

可是，没等我赶上，忽见一辆汽车从身边驰过，刹那间，横祸从天而降，福阿德突然倒在了车轮之下。他并未绊倒，而且他并不想死，为什么他必须去死？那么，怎样来解释、分析这场车祸？他走路时，脚并未踩空或绊着什么，可身子已被压在了那凶残的车轮之下，再怎么分析，复有何用？

我将他从街上拖出，把他的头放到膝上，抓住他的手，向他道别。这世上两个孤独的青年，在做最后的诀别。他很痛苦，只是过了一会儿才认出我。一颗很大的泪珠滚流在他的脸颊之上，却一句话也说不出来。人的一生之中，会有些瞬间，只是些许瞬间，但它却会延伸、深化，并最终在此后形成了另一种难以逃避的生活。当时，四周一片纷乱，我却觉得似乎什么都离得星星般遥远。注视着他渐渐失去气息，我的心在颤抖。我俩都还没活够，我更不愿在自己也有麻烦时失去他。就这样，他那微弱的最后一个气息，他那耷拉着的脑袋，预示着我折磨的开始！

他们将他从我怀中带走，也携带着我的绝望。他们将他带到了一个再也无法让我看见的地方。再后来，我依然怀中空空地坐在人行道的泥地上，不知道自己是在为那双永远消逝的眼睛哭泣，还是在为未来可怕的疑虑岁月而惊慌？

侯赛因突然发现我坐在公共汽车的一个角落里，便要为我打票，我却抢先买了。自听说他从科威特回来，我们还没见过。他胡子拉碴的，脸色又黑又亮；一头乱发，阵阵恶臭从他的口中喷出。我刚从学院回来，已经快中午十二点了。

侯赛因问了问我的身体、学业和我家人。很明显，他在避免提及那件令他烦心的事。他告诉我，经常去办公室看望我哥米德哈特。我躺在病床上时，他也好几次想来看我。虽说天并不很热，但他那味道的确很难闻。当我起身准备下车时，他似乎一愣，随后便强自振作地应答着我的道别。

我为外婆和姑妈买了点儿饼干，然后便沿凯拉尼大街返回家去。看见侯赛因，让我觉得心里烦闷。他并未问起自己的两个女儿，也没问起我姐梅蒂海。也许他认为并不合适跟我这样的人谈论此类私事吧！

阳光炙热，街道漫长、空旷，令人忘却自我。我的面前只有烦恼和不安。我不明白，学院里为什么非跟我要医生证明，以确认我曾患病并作为缺课的理由？他们虽说对我很客气，但还是让我觉得自己十分糊涂，非常孤单。我很累，身心都累，只觉得汗似乎流得太多了。今天去学院对我来说真不是时候，我依然跟别人的世界毫无联系。由于自己心里仿佛有一种生了锈的感觉，由于自己远避一切，我今天也刻意躲开了两个朋友。这一行为令我自己都觉得困惑，莫非我具备有别于同龄人的特点，会去阅览生活的篇章，会去细读诸如穆妮兰及其母亲、我姨妈她们这些人的心路？可是，她们跟我一样，只确信我是一个病人。我唯一的特点，便是不具备正常人所有的一切。

某些夜晚，当穆妮兰在我屋旁的客厅里喝茶时，她会用纤指拿起茶杯，缓缓地将它送往唇边。有时，当她的思绪远离这尘世时，那杯子未到唇边便会停住。蜜色的目光从我的视线中消失并阴暗下来，仿佛在怪异的水面上浮游。随之，歪着脑袋，轻轻地晃动几缕卷发，然后将纤指握着的茶杯放下，双唇并未从中吮饮分毫。她这是在跟自己，还是在与一些并不存在，从未存在过的生灵窃窃私语？

步下台阶，向厨房走去时，我有些劳累、不安。我看见，外婆缩在厨房一个黑暗的角落，正吸着她的旱烟。她那白皙的脸上，布满了皱纹。我问她我出去后有谁来过，她令人惊奇地狠狠盯了我一眼，吸了口烟，又从嘴里和鼻孔中吐出，然后用生硬的口气答道，是穆妮兰的姐姐派他大儿子阿德南来看望他小姨穆妮兰，告诉她学校在找她，要她回巴古拜去。

我望着外婆，并不是很明白她要跟我说些什么。我已身心疲惫不堪，而阿德南、巴古拜、学校，这一切又可能对我意味着什么？我等着外婆加以说明或再讲一些。我觉得，我无力久久地站立着，四肢已有些颤抖。见我总抹额头，母亲便站起来，从厨房的一端拿过把椅子，拽着我的胳臂，让我坐下。我不知道自己那时究竟怎么了，只是觉得有一种想吐的欲望迅速从胃底浮起，冷汗不断从我额头沁出。我闭上模糊的双目，把脑袋埋在手里。我已成了一支空心竹竿，那么，莫非此生就不会遭人悄悄抛弃？

忽然听见小珊娜在叫我的名字，我一喊，她便犹犹豫豫地进了厨房。她脸色红润，头发散乱，告诉我说，有位老者，在打听我呢！那人在路口打听我们家的地址，于是，她、她母亲和她姐，就陪那人来了。姑娘正在说这件奇事儿，她母亲梅蒂海过来了，并说她认为那老者准是福阿德的父亲，是来看我的。

我两眼盯着我姐，却没有答话。事情并不复杂，但我已精疲神衰，不能很好地去理解并接受这一事件。梅蒂海又说了一遍，还说，如果我愿意，她们可以告诉那人，说我不在家。站在远处的母亲也同意，并要我姐就去跟人家这么说。这时，我突然一个激灵，从椅子上蹦起，快步跑出厨房，梦游似的穿过那条长廊。不正是我，该去寻求这样一次会面吗？不正是我这个被陷进黑暗、逐出生活的人，该去寻问福阿德闭眼后所说出的最后话语吗？那最后的话语，不是曾像坟墓后的一缕阳光，向我传来吗？

我被卷进了激动的感情和纷繁思绪的旋涡，走近大门时，只觉得自己已沉入了深渊。老人远远地站着，背倚在墙上，约莫有七十岁了,身子已经佝偻。这模样让我吃了一惊，我从不记得他是这副样子的。满脸是塌陷的皱纹，白发散落在两颊上。我来到他面前时，他窄窄的目光正迷失在远方，有好一会儿没看见我。听到我的问候，这才把他拉回到这个世界。他迈着小步走来，并伸出了手。我握住的是一把骨头，几根突出的筋和一层绵薄的皮肤。我盯着他的嘴唇和双眼，那是一个可能重新塑造我生活的象征。他用颤抖的声音问我，是否就是他儿子福阿德的朋友阿卜杜勒·凯里姆？

我点了点头。福阿德这个名字以一种奇怪的方式从他嘴里说出，把我的心都绞碎了。我觉得，这位年迈的老者就是他儿子派来的。他之所以来跟我谈话，是因为知道我并未远离那个逝去的灵魂。我又点了点头。他接着道，虽说福阿德是他的独子，却不记得曾经见过我。随后，突然问道，福阿德临终之时，我是否与他在一起？

我倚在了身后的墙上，双唇干枯。我没料到他会这样问，我没明白过来。从他关于儿子的谈话中，我觉得他是想要再听到些什么，再看到些什么。他又说，他担心这次来访及这番谈话会打扰我。只是因为，人家在医院里跟他讲了一些令人难以置信的话，说是福阿德弥留之际遭受过长时间的痛苦，云云。老人的两眼蒙上了一层薄薄的泪水，他直瞪瞪地看着我的脸，等着回答，等着我说出一句话来。他说话时十分痛苦，他也快没气了。我默默地站着，心已不在他的身边……

我当时坐在满是尘土的人行道上，把我那密友的脑袋搂在怀里。后来，他们就把福阿德从我的怀抱中运走了。那已是午夜时分，星光下，四周万籁俱寂，只有一片乌云将我笼罩其中。那晚，我回到家中，稍觉清醒后，便整日里哀号不绝。我拥抱过死神后，又活了过来，而他却死了。不，他没有死，没受折磨。这种事，不可能和他联系在一起！但他确实在我怀中死了，如白昼般消逝……

看着我朝前伸展的双臂，老人惶惑的眼中涌流出泪水。当他握住我的臂膀时，我不知自己口中在呓语些什么，也不知自己想指向何处。我浑身颤抖。或许我是病了；或许感到死神已以某种形式在逼近。老人的嘴唇抽搐着，泪水在皱纹和双颊上流淌。他什么也没说，我见他好几次都紧闭双目，摇动着白发苍苍的脑袋，似乎在示意着什么。我四肢无力，双臂已经垂下，只是默默地望着他。我没有任何话语可以用来安慰这悲痛的老人，而只是和他一样默然无语，心似火焚。

他松开了双手，后退一两步，凝望我片刻，随后便无语地转身离去。他弯着腰，沿着墙，慢慢地走了。我依然在颤抖，久久无法镇定下来。我没去叫他，我想，他并不知道自那日以后我便病倒了。我迈着摇晃的脚步，穿过狭窄的走廊，回到家中。后来我才知道，在那黑暗的走廊尽头，一挨上那沉重的门扇，我便跌倒了。我并未昏厥，但我清楚记得，我不再想像往日那样生活下去了。

第三章

索菲娅姑妈坐在地铺上，从敞开的窗口关切地盯着正小心翼翼地朝这屋子走来的珊娜。那姑娘双手托着一盘早点。

晨曦初透，鸟雀已开始在无花果树憔悴的枝头鸣唱起来，时而夹杂着几声鸽子的咕叫。天气依然有些凉意。索菲娅一个多钟头前就已经觉得饿了，弟妹努莉娅会给她送些什么来呢？见珊娜已站在门口，正探询地望着自己，索菲娅招手让她进来，轻声道：

“来，珊娜。进来吧，走慢点儿！”

小姑娘点了点头，随即跨进高高的门槛，两眼却盯着躺在木榻上的穆妮兰。穆妮兰是清晨从平台上下来的，盖了块薄薄的被单又躺下了。

珊娜缓步向索菲娅走来，小心地将盘子放在她的地铺前面。索菲娅只见盘内有两杯茶，一张大饼覆盖在碟子上，另有一小碟腌渍的青果。一揭起大饼，下面便露出几片洁白的奶酪和一些蔬菜，见珊娜坐在地铺边上，遂问：“干吗要两杯茶啊？”

“一杯是给姑姥姥您的，还有一杯是给我太姥姥的。她还在睡？要叫醒她吗？”

“不用，宝贝儿。让我先慢慢吃着吧！”

她又问：“你妈出门了？”

“还没呢。我、苏哈跟我妈这就出去。”

“上哪儿啊?”

“去学校。”

“你们去学校干什么?这不，穆妮兰都离开学校来巴格达了。”

“我妈可能有事儿。”

“能有什么事儿啊，这不是假期吗?”

“我不知道。”

索菲娅一边弄吃的，一边朝躺着的穆妮兰望去。那姑娘的头发散落在枕头上，被单下显出她身材的曲线。几个星期前，她和母亲不期而至，来这儿住了。她们去巴古拜才待了几个月，在那儿跟她姐姐、阿德南的母亲玫丽海住在一起。玫丽海是穆妮兰的大姐，很小就嫁给了一夜暴富起来的掮客。那人是个蔬菜经纪人，发得令人可疑!

穆妮兰是因为被委任去巴古拜当老师，这才跟她母亲上那儿去住的。她们本该在那儿待下去，可几个星期前却突然离开，来巴格达了。在巴格达，除了穆妮兰的姨妈努莉娅，她们再无别的亲人。穆妮兰她哥穆斯塔法跟老婆孩子住在北方老丈人家。

只听珊娜小声道:“姑姥姥，要叫醒我太姥姥吗?您都要把早点全吃完了!”

索菲娅用手示意不必，一边长长地喝了口热茶:“叫她干吗?让她歇着吧!你舅舅凯里姆在哪儿?听说他要出去?”

“是的，姑姥姥，他要去学院，正刮胡子呢!”

这可是个好消息，得让他去帮自己在赛义德店里捎几斤饼干来。索菲娅从枕头下掏出个小钱包，对珊娜道:“珊娜，这是钱，给你凯里姆舅舅，让他去赛义德店里给我买几斤饼干。趁他还没走，快去，宝贝儿!”

珊娜匆匆回来时，在进口处绊了一下，碰在了门上。见穆妮兰抬起头来，珊娜便不好意思地在半道站住了。穆妮兰问道："珊娜，你这是怎么啦？"

"对不起，穆妮兰姐姐，我在门口绊了一下。早晨好！"

"早晨好！"穆妮兰微微一笑。

索菲娅看见穆妮兰已坐了起来，把两腿垂到地下。她的睡衣很薄，脖子、胸口和两只胳膊全赤裸在外面。无疑，她很美。她和母亲像是两个难民似的来到这里，来干什么？又增加了两张要喂的嘴。弟弟拉扎克太可怜了，整日里都在奔忙，这下就要更辛苦了。不过，这姑娘的确很美，身上的一切都在吸引着男人，引人来娶她。出嫁，她肯定有这想法！她跟这种年龄的其他姑娘想的都一样。

穆妮兰默默坐着，两眼盯着地面，双手叉在怀前。除了出嫁，还能有什么？也许，她在想着米德哈特，谁知道呢？米德哈特的年龄、职务、门第这一切都使他配做一个合适的丈夫。穆妮兰再找不到比他更好的了！可是，那姑娘仿佛对这种事情有些不太在意，她似乎是生活在另一个世界里。谁知道呢，也许这正是一种猎取男人的新手法吧！现如今，什么都有可能！

索菲娅留意到，老太太已经醒了，正小声和珊娜说话呢。她继续观察着穆妮兰。只见那姑娘用手捂住嘴，打了个哈欠，然后又伸了伸懒腰，使一对乳房稍稍突显出来。她很苗条，皮肤略呈棕色，一对大大的眼睛在脸上显得特别明亮。出嫁，对她来说一点儿都不难。

从敞开的窗口，索菲娅看见阿卜杜勒·凯里姆从自己房里出来，正慢慢地穿过门廊。她又见穆妮兰依然坐在床上，也在看着她的表弟。凯里姆比她小一岁，大学还没毕业，因病耽搁了考试。不，他不合适做穆妮兰的丈夫，这种事那姑娘不会搞错的。虽说他俩的关系很好，但那只是一时的事儿。那姑娘在这种事情上是不会搞错的。见穆妮兰正用茫然的目光望着凯里姆，仿佛依然在睡梦之中似的，两只手交叉着揣在怀里，索菲娅问道：

“穆妮兰宝贝儿，你妈今儿出去吗？”

只见她使劲儿一晃脑袋，从迷惘中醒悟过来，索菲娅觉得她的脸仿佛更红了。

“什么，什么，姑妈？”

这傻丫头，她刚才在想什么呢？莫非她以为这表弟可以当她丈夫？随即又问：“你妈今儿个出去吗？”

“不，干吗？”

回答时，声音干巴巴的，略显不快。索菲娅答道：“没什么，我想看看她，可能她待会儿会上来的。”

穆妮兰突然站起来，朝门口走去，说：“我这就下去告诉她。”

索菲娅看见那姑娘肩胛骨突起，令她年轻的身子更显瘦弱，更加柔美，步态也很轻快。索菲娅并不讨厌她，只是想确定一下自己关于她的猜想是否准确。于是，便决定要对她更多地留一份心。

阳光几乎要照到窗棂了，离吃午饭还早着呢，不妨打个盹儿。在这段时间里，不会有什么大不了的事儿。索菲娅在地铺上躺下，脸冲着屋内，左手衬在脸颊下面，闭上双目，试图什么也不想。可是，别人却不让她好好地眯一会儿，于是睁开眼来，觉得似乎有人进屋了，正好被从窗户里进来的阳光照着。索菲娅看见，那是穆妮兰回屋来了，穿着件深色长裙，站在挂在墙上的一面小镜子前，正梳妆打扮，用机械的动作梳弄着她那光亮的长发，没完没了地收拾着。

随后，穆妮兰的母亲纳姬娅也进来了，席地坐在老太太对面，两人开始吸烟。索菲娅只能隐约看见那老妇人，但却能听见她低声唱道：

不受摆布，我们已不再任人摆布。

挣脱束缚，何必徒劳诉悲苦！

真是个糊涂的老太太!

穆妮兰和母亲相视微笑着，仿佛她们都没有留意到自己。索菲娅想，自己要睡一会儿了。可过了一会儿，又见穆妮兰走了出去。老太太却用手打起节拍来，为自己那几乎已听不见的歌声伴奏。阳光亮得难以忍受，屋里一片宁静。索菲娅闭上了眼睛，老太太的歌声和两手的拍击已再不能干扰她了，她觉得这回一定要打个盹儿了!

穆妮兰和她母亲在谈论着，却听不清她们在说些什么。短促的言辞，舞动的手势，隐含着一种恐惧。穆妮兰倚在床边的墙上，双手紧抓着锈迹斑斑的铁床栏，脸色苍白，两眼放出异常的光来，双唇快速翕动。她母亲站在靠门的那一边。

索菲娅姑妈把手从耳朵上移开，从枕上抬起头来。穆妮兰气喘吁吁地道："干吗呀? 我跟他没什么，你明白吗? 什么也没有!"

她母亲扬起手臂道："你外甥从巴古拜赶来了，人家会怎么说呢?"

她说得很慢，几乎听不见。穆妮兰的两眼、全身和指向她母亲的手几乎都冒出了火星:"您别这么说,甭提那是谁,也别拿人家来说事儿!我跟他，跟别人都没关系，您明白吗? 您倒是说呀，您明白不?"

一时沉寂下来。索菲娅姑妈觉得,几乎可以听见自己窒息的心跳声。只要谈话再继续片刻，她就可以一切都明白了。

穆妮兰倒在床上，先是默默坐着，随后便一点点蜷缩起来，耷拉着脑袋,两手垂在膝上。弯曲的头发披散下来,遮住了脸。她母亲叉着手,脸上第一次露出了怅然的神色。无疑，母女俩都在痛苦之中。

楼下响起努莉娅的叫声："纳姬娅，纳姬娅!"

穆妮兰抬起头，目光呆滞，脸色极度苍白，对她母亲道："我姨在叫您呢，下去吧，就说我不在!"

纳姬娅刚转身，努莉娅的唤声又响了起来："穆妮兰，穆妮兰宝贝儿!"

纳姬娅一边往外走，一边应道："来了，来了，努莉娅，我这就来了！"

努莉娅接着叫道："纳姬娅，这个阿德南死乞白赖的，我不知道他有什么事儿。你下来吧，看看他想干吗？他又不肯进来……"

纳姬娅一边嘟囔着，一边走下楼去。声音渐渐消失了。

穆妮兰又独自蜷缩起来，仿佛脊梁骨折了似的。索菲娅姑妈并不想跟她说些什么，她更愿意多听听。这么说来，敲门的那家伙就是穆妮兰姐姐玫丽海的儿子阿德南！也许他给她们带来了什么不好的消息吧。她们娘儿俩去巴古拜生活有相当长时间了，若是穆妮兰不能调到巴格达来，可能还得回那儿去。她们的生计就靠穆妮兰这点儿微薄的工资，她毕业刚三年，不过是一个新任的老师而已。

穆妮兰她大哥穆斯塔法是部队里的一名军官，不过他已经成家了，再说眼下在北方。女家很穷。索菲娅姑妈至今弄不明白她哥哥怎么会娶一个这种人家的姑娘，人都说这就是命！不过，幸亏努莉娅倒还不坏。她不可能不好，尤其是当着自己的面。这些人啊，有老规矩管着哪，可不能忘了那些规矩！

索菲娅看见，老太太从门口探进头来："穆妮兰宝贝儿，快来扶我跨进这门槛，可把我累死了！"

穆妮兰赶紧去扶着老太太的胳膊，把她拉进这高高的门槛儿，又陪她走到地铺前。索菲娅姑妈问："他姥姥，您上哪儿啦？"见穆妮兰走出房去，便接着道："我想，您是下楼去了吧！玫丽海的儿子，那个阿德南从巴古拜来了，我不知道他来干吗，可弄得大伙儿全乱成一团了！"

老太太抬起双眼，问："阿德南？哪个阿德南？长老的儿子？"

"玫丽海的儿子，卖菜的，他父亲可不是长老。我不知道他来有什么事？"

“我也不知道。你就让我好好待着吧!”

索菲娅正想跟她解释，见穆妮兰和她母亲进来，便不说话了。娘俩像散了架了似的，穆妮兰立刻往床上一躺，她母亲一屁股坐在地上的一块小坐垫上，两人默默地，不说一句话。索菲娅久久地盯着她们，老太太则问她的女儿纳姫娅道 :“纳姫娅，谁在楼下啊?”

“没谁!”

老太太有些不安，看了索菲娅一眼，又问 :“什么叫没人啊? 那么谁做午饭啊? 我心里空得慌，都有一个时辰了!”

穆妮兰的母亲纳姫娅木然地望着老人,不答一语。索菲娅姑妈道:“您急什么呀，没瞧见穆妮兰不太舒服吗?”

纳姫娅连忙道 :“穆妮兰没什么，就有点儿头晕。”

“不是吧! 你瞧，她的脸黄得像姜似的。阿德南来找你们有什么事啊? 他来干吗呀? 愿安拉对他满意，他为什么不进来跟他太姥姥问个好呢?”

穆妮兰立刻翻身在床上坐了起来，脸色明显蜡黄，眼圈黑黑的。她声音不高，却尖刻地喊道 :“我们没什么事儿瞒着您，您也别什么事儿都过问。您跟我们没什么关系! 要问去问这家的主妇好了。谁来了，干吗来了? 别来跟我说，别干涉我的事儿，甭管我，您明白吗? 您管不着我，管不着!”

这阵喊叫，让人惊慌难堪。索菲娅姑妈挨了这顿呲儿，十分别扭。她看着她们娘儿俩，又看看老太太，看了好一会儿。那两位把目光避开了，姑娘脸色苍白，表情僵硬，但并不像是要哭出来的样子。索菲娅只见她过一会儿又躺下了，而她母亲却在默默地吸烟，仿佛什么也没有听见。索菲娅见老太太在望着自己，便用颤抖的声音轻轻道 :“他姥姥，我说错什么了?”

老太太连连摇头，悄悄道 :“有我什么事儿啊! 你还不饿吗?”

说着，用眼角偷偷扫了穆妮兰和她母亲一眼，并用手势表示失望。

屋子里悄无声息，只有袅袅烟雾从穆妮兰母亲的烟头升起。索菲娅姑妈不知道自己该怎么办，让穆妮兰就这么跟自己说话而不反驳几句，这合适吗？她们娘儿俩生活中不为人知的一页今儿可是被她给揭开了，她隐隐觉得，在那个姑娘的生活中有什么非同寻常、令人心碎的事情，这才使她冲自己说出那番尖刻的话来，于是，她也就不便再说什么了。

穆妮兰长叹一声，又深深地吸了口气，胸部和丰乳缓缓起伏着。索菲娅姑妈可以看见她那两条光滑并略显洁白的腿，她的长裙已缩到了膝盖上面。

索菲娅问老太太道："他姥姥，什么时候啦？"

"官方的还是地方的？"

"官方的。"

"不知道！"

"地方的呢？"

"也不知道！"

索菲娅看着老人，不能肯定她是在这尴尬的时刻开个玩笑，还是在随心所欲、时不时地胡诌。阳光已离开她们远去，斜向了另一边。家里整个儿都静静的。午时已过，还没有一点儿做饭的迹象。莫非又要苦苦地等着米德哈特和他父亲下班回来不成？

院子里传来一阵脚步声，接着是关门的声音，打断了索菲娅的沉思。她屏住呼吸，倾听着，莫非阿卜杜勒·凯里姆终于回来了吗？她用目光盯着楼梯口，待会儿就可以明白他是否给自己带来了饼干。看来，屋里待着的其他人都还什么都没听见呢！

阿卜杜勒·凯里姆佝偻着背缓步走来，似乎提着一大包饼干并未让他太有兴致。他穿过门廊，先进了自己的房间，随后便提着包出来，微笑着站到了门口，并向穆妮兰和她母亲问了声好。穆妮兰一边答应着他的问候，一边整理着自己的头发。老太太却喊了起来："你好，凯里姆宝贝儿！"

他脸色苍白，明显是累了。他过来把那包饼干和钱交给索菲娅时，说道："姑，这是饼干和面包片，这回算我的，您的钱一分不少，给您。我得谢谢他们，给我的是刚烤的面包呢！"

说着，转过身去，略一迟疑，便在床的另一头坐下了。索菲娅看见，穆妮兰的表情和姿态都有了一些变化，目光变得柔和了，隐约显得心情很好的样子。随后，她突然听见老太太提到了阿德南来访的事，阿卜杜勒·凯里姆并不明白究竟，只是痴痴地笑。穆妮兰把目光投到了地上，索菲娅姑妈觉得，她的脸有点儿发红，而穆妮兰的母亲则叹了几声气。索菲娅又听见阿卜杜勒·凯里姆问起他母亲和姐姐及两个外甥女，有人告诉说他母亲在楼下，他便犹犹豫豫地站立起来，出去了。

还得等一个多钟头，米德哈特和他父亲才会下班回来呢。这段时间最难熬了，不能吃，不能睡，也无话可谈，只能像囚犯似的苦等，不知道该做些什么。索菲娅姑妈胳膊支在枕头上，用左手托着腮帮子。她连打一个盹儿都不敢，没人会叫醒她，那就意味着会错过午餐，失去一切！

突然，她听见楼下的大门很不寻常地猛地一声撞击，连窗户的玻璃都震动了，然后便是一个沉重的身躯倒地及随之而来的努莉娅和梅蒂海的惊叫声。抬头看去，只见穆妮兰和她母亲都站了起来。索菲娅的心猛烈地跳动着，却什么也没说出来。老太太喃喃道："安拉保佑，佑助我们逢凶化吉！"

传来努莉娅颤抖、嘶哑的叫声："梅蒂海，凯里姆摔倒了！快，拿凉水去，快去！我的儿啊，你这是怎么啦？"

穆妮兰的脸涨得通红，向房门走去，半路又停了下来，用手捂着胸口，靠墙站了一会儿。索菲娅冲她喊道："穆妮兰，下去吧！去瞧瞧那孩子是怎么啦。主啊，这可怎么好啊！"

从楼下传来的声音里，有努莉娅的哭声和两个小丫头的号啕，乱成一片，仿佛是天塌下来的轰响。穆妮兰忍不住向外冲去，索菲娅见她脸上十分不安，两只睁得大大的眼睛晶莹闪光。她母亲跟在后面，却明显不是很着急的样子。老太太也站起身来，索菲娅姑妈对她道：

"您要上哪儿啊？就待在那儿吧！"

老太太于是又坐了下来，摆弄好靠枕，嘟囔道："我是心疼凯里姆，为他担心啊！"

索菲娅姑妈难过地听着传来的声音。不久前，阿卜杜勒·凯里姆的朋友去世了，打那以后，他的身体就一直不好。可他还是个壮实的小青年哪！家里人应该弄明白，这大白天的，怎么就会在院子里面摔倒呢？没几分钟前，他还在说笑，他那美丽的表姐还对他有所心仪呢！

下午，索菲娅姑妈和大伙儿一起坐在客厅里。这是六月下旬，太阳尚未西沉。大家刚喝完茶，她的茶杯还放在她弟弟拉扎克和她侄子米德哈特的两只茶杯旁边。医生迟到了，但已经来过了，匆匆给阿卜杜勒·凯里姆做了检查。索菲娅远远地看着，对医生一点儿也不信任。

她不明白，听说给开的是滋补药和镇静剂，让凯里姆陆续服用，这是干吗呀？后来，大家就把他的床搬到挨着客厅的门廊里，免得在屋里热。努莉娅蹲守在儿子身边，一直在盯着他那张颧骨突起的苍白的脸。

门廊里响起了脚步声，穆妮兰出现了，端着个中等大小的盘子，盘子里放着一碗汤，还在冒热气。她轻轻地把盘子放在阿卜杜勒·凯里姆床边的一张茶几上，努莉娅起身帮忙张罗着。穆妮兰身着早晨穿上的深色长裙，头发却用一根丝带扎到了脑后。容光焕发，动作轻盈。

她在米德哈特对面坐下，嘴角露出一抹笑容，轻声道："这碗汤是梅蒂海做的，我只是把它端来罢了。"

阿卜杜勒·凯里姆由母亲扶着坐了起来，索菲娅姑妈听他说道："谢谢你，穆妮兰！还不知道什么时候我能来侍候你们呢？看来是没指望了！"

他的声音沙哑、颤抖。穆妮兰显然动容了，收起了微笑。拉扎克道："这说的是什么话，凯里姆！你是人还是铁啊？是人谁不生个病？怪话！"

索菲娅看到，米德哈特在盯着穆妮兰。

努莉娅道："他总是这样说话，是要把我往死胡同里推呢！"

米德哈特不同寻常地打量着他的表妹，那盯着她的一双眼睛里，明显闪着光彩。索菲娅从未见他跟穆妮兰说过话，但那眼神预示着他想跟她说话，做梦都想！

阳光的红晕已经暗淡下来，家里除了厨房里洗刷碗碟的声音外一片宁静。索菲娅姑妈听见米德哈特问阿卜杜勒·凯里姆："凯里姆，今儿你上哪儿去啦？"

阿卜杜勒·凯里姆不再喝汤，稍停片刻，这才答道："上学院了。他们说，一定要交一份医疗证明才能让我补考呢！我累了点儿，天挺热的。"

"中午谁来找你了？"

阿卜杜勒·凯里姆怔怔地望着米德哈特，仿佛没听懂他的话。母亲努莉娅插话道："凯里姆宝贝儿，喝汤吧，汤要凉了！"又对米德哈特道："米德哈特，让他歇着吧，他没力气多说话。"

米德哈特答道："我知道，妈！我只是想弄明白，是阿德南还是别的什么人来找过他。"

阿卜杜勒·凯里姆冷冷地喊道："阿德南？哪个阿德南？阿德南没来找我，是福阿德的父亲要来见我！"

米德哈特问他母亲："那阿德南他来干吗？"

穆妮兰的目光盯着自己搭在怀里的手指。阿卜杜勒·凯里姆又道："福阿德的父亲有话要跟我说……我……那天晚上我跟福阿德在一块儿……"

母亲打断道："行了，凯里姆，别折磨你自己！"

阿卜杜勒·凯里姆久久地望着母亲，什么话也没说。接着，就把汤碗交还给她，把脸背转过去，冲着墙壁。努莉娅端起盘子，看着自己的丈夫，一脸难过和诉苦的样子："你看见了，我为他们受的是什么罪啊！"

拉扎克叫了起来："干吗呀凯里姆？干吗不喝汤，儿子？它对你有好处，补身子！"

阿卜杜勒·凯里姆不答话，片刻沉默后，努莉娅便下楼去了。米德哈特突然对穆妮兰道："对不起，穆妮兰，阿德南是来看你们的吗？"

他的声音异乎寻常的温柔。穆妮兰抬起双眼："什么？"

一双带着亮丽蜜色的修长的眼睛，始终无语地盯着米德哈特，似乎在向他挑战。

米德哈特道："阿德南找你们有事？"

他们的目光冷冷地对视着。索菲娅姑妈发现，她生硬的表情中显出一种坚持到底的样子。

"怎么，他以前没来过你们这儿？"

米德哈特的父亲拉扎克出其不意地打断了两人的对话："我说，这个阿德南学校毕业了吗？他跟他父亲在卖菜？"

米德哈特转过头去说："爸，我还真不知道。不过，我想他初三没及格。"

"怪了，他多大啦，索菲娅？"

索菲娅立即答道："十八岁了，是玫丽海的大儿子。"说着，又小心翼翼地冲穆妮兰道："是这样吧，穆妮兰宝贝儿？"

穆妮兰明显很恼怒，冷冷地盯着她道："是的。"

拉扎克大声道："那他怎么坐着汽车来回跑，满大街摁喇叭呢？连个初三的文凭也没有啊，这什么世道！"

索菲娅答道："是安拉给的食禄啊，米德哈特他爹！他干吗就不能开着车满世界折腾呢？他父亲当初不过是个农民，是穆罕默德哈吉家的一个用人，东跑西颠的，鞋净是窟窿眼儿。你说怎么着，瞧人家现在，一个卖菜的，肚子都圆了，赶明儿就成阿拉伯长老了！"

米德哈特笑出声来，穆妮兰也微微一笑。米德哈特道："慢点儿，姑妈，您慢点儿，还没有长老这一说呢！您没听见领袖是怎么说来着？"

"呦，我一说事儿，你就把那个疯子给抬出来了！"

"疯不疯的，咱们不是被他统治四年了吗？可能没有比他更好的了。"

拉扎克道："儿子，怎么是四年啊？这么算不对。你得算算他还有几年几个月零几天，这么着你就知道自己生活的是一个什么样的火狱了。"

"不，爸，照这么算，咱们都得过火狱般的日子。"

"对啊！如果你只是计算自己的日子，那么，虽说寿命掌握在至高无上的安拉手里，但生活是不会完结的。"

"我干吗要结束自己的生活？我得让自己尽可能好好地活着，也就是说……"说着，他看了穆妮兰一眼，"虽说寿命掌握在安拉手里，但我的生活还是我自己的，我的日子还由我亲手掌握。谁也无权过问我是怎么过的！"

见米德哈特在跟自己说话，穆妮兰用一种奇异的目光看着他，看来是在端详着他，并说道："如果你不愿任何人过问你，你也别过问任何人。"

米德哈特问："这是什么意思？你是说，人们要自由？"

"我不知道。这可能是个我不是很清楚的哲学问题。不过，你的话在咱们这儿可实现不了。这儿没有谁会不来过问和干预你的生活，你愿意也罢，不愿意也罢！”

“我拒绝！我可以拒绝一切干预！”

穆妮兰见他很激动，但并不理解他们所说的一切。夜色已潜入客厅，遮盖了众人的面容。穆妮兰正想跟大家讲述一件往事，却听米德哈特的父亲道：“你拒绝什么？求主宽恕，一个人可以为所欲为吗？比如我，你爹，就不能问问你想让自己干些什么吗？”

大家都听到了一阵轻微而快速的脚步声，是米德哈特的母亲努莉娅由珊娜陪着来了。努莉娅大声道：“怎么都黑灯瞎火地坐着？看在凯里姆分儿上，开灯吧！”

说着，便伸手去摁电开关，客厅顿时通明。阿卜杜勒·凯里姆已转过头来，似乎正认真地倾听着他们的议论。母亲走到床边，问道：“凯里姆，你怎么样了？我去给你热汤好吗？”

“不用，妈，谢谢。待会儿吧！”

珊娜走过去，在穆妮兰身边坐了下来。索菲娅姑妈听见穆妮兰在问那个小丫头：“珊娜，我妈呢？”

“跟我妈一块儿在厨房做晚饭呢！”

穆妮兰起身准备离开，珊娜也跟着站了起来。索菲娅姑妈对穆妮兰道：“穆妮兰宝贝儿，去看看你姥姥吃了没有？”

努莉娅说道：“没呢，吃什么呀？索菲娅，我们还没做晚饭呢，别急，我这就下去跟梅蒂海一块儿做。”

穆妮兰由珊娜陪着离去了。索菲娅发现，米德哈特的目光一直追随着她，直至她的身影消失在门廊的黑暗之中。然后，米德哈特抬起手来，在额头上擦了几下，这才转而对父亲道：“那个侯赛因，想看看他的女儿呢！已经到我办公室去过几次了。”

努莉娅立即道：“他还知道自己有女儿啊？”她坐在床沿上，脸冲着阿卜杜勒·凯里姆，背朝着众人，继而道：“一个做父亲的，抛开自己的亲人都两年了，就没有权利再来看她们了！”

拉扎克平静地说：“怎么就不能来看她们？可以像别的客人那样，来看看，然后就走嘛！”

拉扎克是在跟自己的儿子米德哈特说话，仿佛没听见妻子说了些什么。过了一会儿，又道：“咱们不否定他的权利。他不懂自己对妻子女儿有义务，可咱们不去否定任何人的权利。”

努莉娅又道：“对女儿他已经没权利了！都两年了，连一分钱也没给过她们。”

突然，阿卜杜勒·凯里姆用唐突的口吻问母亲道：“妈，您干吗不让侯赛因来看他的女儿啊？”

“有我什么事儿，凯里姆？”又道，“宝贝儿，别说这些了，我去给你端汤吧！要不，你跟我们一块儿吃？”

米德哈特赞同道：“对了，凯里姆，你是得吃点儿东西了，哪怕吃几口也好啊！”说着，又问他母亲：“妈，那个阿德南今儿早上来干吗了？您瞧见他了？”

“没什么事儿。他来的时候，我正在厨房，没别人。我去开的门，一下还没认出来。他脸红红的，敞着怀，眯着眼，也不问个好什么的，就是打听他小姨穆妮兰：‘我小姨穆妮兰在这儿吗？’这世道，孩子们怎么都成这样了？不，我的孩子可不是这样的。这家伙没一点儿教养！”

努莉娅漫不经心地絮叨着。一说完，米德哈特就问：“什么？他想干什么？您不知道他想干吗？”

“我跟你说了，他跟咱们没什么事儿，他是要跟穆妮兰和她妈说话。我听见他跟她们说，你们怎么不回巴占拜去啊，穆妮兰的学校让她回去呢！”

“这关他什么事儿？跑来乱敲门，能这么干吗？去管他自个儿的事好了，让他脑子明白点儿！”

索菲娅姑妈见米德哈特说得异常激烈，又听他父亲道："没什么，米德哈特，那是个粗鲁的小子，自以为是来关照她娘儿俩呢！我说，米德哈特他妈，咱们什么时候吃晚饭？天热起来了，打今儿我可要上平台去睡了。"

努莉娅站了起来："我这就下去。你们在这儿吃？"

索菲娅姑妈立即答道："是啊，还能上哪儿？这儿最好了，叫她们帮你把饭端这儿来吧！"

努莉娅没理她，仿佛没听见她说话似的。见没人吱声，便走了。米德哈特也站起身来，缓步向自己房间走去。他中等个子，略显消瘦。这几天他所关心的事儿颇引人注意，他过去从未问过不在家时有谁来过，发生过些什么事。索菲娅看着她兄弟，轻声问道："你不想给米德哈特成个亲？"

"怎么提起这事儿了？听说什么了？"

"还非得听说吗？"

"那是怎么了？"

"我是说……"

楼下的一片叫嚷打断了索菲娅的话，接着，玄关的灯打开了，穆妮兰走了进来，两个小丫头跟着，在客厅前又跑又笑。穆妮兰匆匆朝阿卜杜勒·凯里姆望了一眼。目光明亮，秀发披散在肩头。拉扎克咳了几下，站起来道："愿安拉对你满意，话说一半，又不讲了。我可要去洗手了。"

索菲娅也要去洗手，可又怕见不到端来的饭菜。院子里乱糟糟的，各处的灯全已打开。远远的，老太太出现在长廊的那头，正扶着木栏杆朝客厅走来。索菲娅见她步态蹒跚地走着，心想，老太太一出现，那就是说，晚饭也就等不了许久了。

第四章

侯赛因一睁开双眼，便被从窗口涌进的阳光猛刺了一下。于是，他又使劲儿闭上了眼睛，回到内心的黑暗之中。他的心、胃、眼球和太阳穴，都被猛烈地撞击着，他以前从未感到过身子的这种震荡，也不记得这是从何时开始的。他决不再睁眼了，让自己闭锁在心中吧。昨天是十点起的，今天决不起床了。

昨晚在可怜的艾瓦尼斯酒吧都干什么来着？那个白痴阿德南，是个傻瓜、疯子。站在他们中间，手舞足蹈地讲话，可也没讲出什么名堂。自己又被他吸引又对他气不过，真该死！昨天什么也没吃，也不记得是谁付的酒钱了。洗完澡，他得尽量把这事儿想起来。他用手摸摸嘴和鼻子，然后便睁开了眼睛。

他只穿着内裤和一件薄薄的背心，大腿上的毛浓密、乌黑、蜷曲，腿毛下的皮肉很脏。他摸摸自己拉拉碴碴的胡子，昨天刮了吗？那又是哪天刮的？他的脑海里，是一团杂乱多变的往事。他从不喜欢生活里的这个时辰，这是一个睡梦方醒、全身疲软、似坠谷底的时辰。虽说天气很热，但今天若能在一个东方式的浴室里洗个澡该有多好！在寒冷的日子里，他会双脚踩在温暖的地面上，在蒸汽中泡上一个多小时。还有那“狮身人面像”牌香皂的气味……哦，那香皂的香气！他一边哼着乌姆·库勒苏姆[1]的歌曲:“啊,我的心上人……我的爱人。”唱时,两眼还含着泪水。这无疑是他少年时期最美好的时刻。后来,就学会了自渎,一切都堕入了火狱,那是一种令人快感的性的错觉,那是生活中的一种蜃景,单凭唱“啊,我的心上人……我的爱人”已无济于事。每次过后,他都像个婴儿似的蜷缩起来,默默地待一会儿,聆听着自己沉重的喘息,沉浸在一个回响着异样音律的世界里。随后把热水泼在自己的两腿和双肩上,于是浓重的蒸汽升起,将他淹没于其中……

突然,他觉得胃里一阵剧痛。胃在抽搐,在扭曲。他捂着胃,感到心跳得更快了。他挤压、揉搓着肚子,怕自己会吐出来。真该死!胃里的某个地方刮起风暴了,几只恐怖的手在里面搅动,把其中残留的东西往上面推来,这一阵发作无可阻挡地来了。

他自小就怕呕吐,总死劲儿搂着母亲,求她别让自己呕吐。随后便把胃里的东西吐在她黑色长裙和粗布罩袍上,使母亲与他一起哭泣起来。

他迅速感到两腿酸软,只得弯起腰,双膝跪在床边。第一波胃的扭动已达至咽喉,他咽了口唾沫,重重地喘着气。前额、脑袋、胸口全流满了冷汗,这真正是濒于死亡了。哦,死亡是多么可怕啊!

那时在浴室里,他被裹在浓重的蒸汽之中,还唱着:“啊,我的心上人……我的爱人。”然后将热水浇到自己的两腿和双肩上。少年与性,性感的少年,少年的性感,又是多么的甜美啊!

他又感到一阵颤抖,随后便睁开了双眼。阳光照满了屋子,亮得吓人。他揉揉眼睛和太阳穴,然后抓着床沿站起身来,坐在了床铺上。他又一次摸了摸脸。这是阵突如其来的发作,其威力就在于突然,令他四肢和心脏全都发颤。他看了看表,见针指着十点半。楼里谁也没注意到他的呕吐,他依然有力气去刮脸然后去拜访米德哈特。他透过

① 埃及著名女歌手。——译者

窗户望着对面的墙头，阳光似乎比平日更为强烈。也许，是因为自己身体衰弱才觉得那光线更亮吧，谁知道呢!

侯赛因走进米德哈特在部里的办公室时，仆人已告诉他米德哈特出去了，一会儿回来。侯赛因照例在临河的那扇窗边的椅子上坐下，却尽量不去看窗外。他的两眼尚未从街上强光的照射下舒缓过来。他闭上双目，去适应这屋里暗淡的光线。

烈日之下，从谢赫之门到这座大楼这段该死的路程可把他累坏了，而且他的身体比平时更弱。体内依然在捣鼓着，心一直在乱跳，胃始终在扭动。

电话铃响了两三下，仆人进来接时，他看见办公桌上有一盒香烟和火柴。等仆人出去后，他便吃力地起身去点燃香烟并猛吸了一口。烟吸进肺里使他稍觉舒坦了些。他觉得，他能使自己摆脱一切了，没有烦恼，也不要受束缚的前程。他就像是飘浮于天地之间的一叶扁舟。在摇荡着、摇荡着。既不上天，也不入地。保持一种特殊的平衡，最好的平衡，美妙的生存。在一个势力均衡的领域里，无须工作。人们爱干什么就干什么吧! 重新开始，从头开始，有什么用? 他贪婪地吸了口烟，胸口一紧，便连咳了几声。

门一下被打开了，米德哈特笑容满面地走了进来，手上抱着一摞书。两人握了握手。侯赛因觉得，米德哈特见到自己并不意外，反而很高兴。他坐下后便摁了一下铃，然后问道："等了很久了?"

侯赛因回答说没有。仆人进来了："是，先生!"

"苏哈她爹，你喝点什么?" 随后又对仆人道："你看，高迪勒，你看卖羊肉串的待在那市场的口上呢。去给苏哈她爹买串热的来，外加一张大饼。"说着，把钱递给了仆人，又道："回来时，送两杯茶来。"

侯赛因大声道："米德哈特，羊肉串给谁啊?"

“当然是给你啰！”

“我要它干吗？”

米德哈特不答话，却对仆人道：“快去，高迪勒。热羊肉串和一张饼，快！”

仆人匆匆走了。米德哈特这才对他道：“你要从镜子里瞧瞧自己的脸，就知道没吃早点了。你走路来的？”

侯赛因点了点头，又吸了最后一口烟。米德哈特翻阅着桌上的文件，将它分成两堆，并在一些文件上写了些批语。他穿着套浅灰色的西服，打着绿色的领带，显得很高雅，也比平日更随和、开朗和整洁。也许在侯赛因眼里，所有人都是随和、开朗和整洁的。谁知道呢？也许这正是因为他已经失去了这一切特性的缘故吧！他掐了烟，问道：“米德哈特，去市场买什么了？”

米德哈特抬起两只狭长、乌黑、深邃的眼睛：“买了这些……给穆妮兰买了几本轻松的小说，她总爱读这些书的。”

“她们怎样？在你们那儿过得好吧？”

“我想是好极了。穆妮兰一定得调到巴格达来，她们在巴古拜过得不好。夏天结束前，我们能把她调动的事搞妥。”

侯赛因觉得，他应该问些忘了问的重要问题。他已经注意到米德哈特在谈到穆妮兰的事及提到她名字时的那种样子，便问：“她是个教书匠？”

“谁？穆妮兰？不，她是中学老师。先生，说话可得注意些啊！”

“哦，是的，我是得注意些才是。”

仆人突然走了进来，托着夹满烤肉块的大饼和茶。侯赛因并不想吃，拿着那鼓鼓的大饼卷肉，关切地看着摆在前面的那杯红茶。仆人走了，米德哈特又去看他的文件。那东西香气扑鼻，侯赛因闻着闻着，不禁垂涎欲滴。他望了一眼米德哈特，只见那一位一边用小勺在茶杯里搅动，一边仍埋头工作。他咬了一口夹满羊肉串肉块的热大饼，只觉得油脂、肉块、麦片、香料塞了满满的一嘴。直到晚上都不用再吃什么了，这种填饱肚子的方式倒也不错。

只听米德哈特对他道："蘸碎麦片的烤肉串儿很香，是吧？"

说着，喝了口茶，并向他转过身来。真该死，他死劲儿地咽了一大口，然后也喝了口茶，这才答道："不错，不错！你的饮食品味真棒！"

米德哈特拿过烟盒，点了一支，又喝了口茶，说道："关于你女儿的事嘛……"

侯赛因关切地听着，这正是那件他没想起来的该死的事儿。米德哈特接着说："大伙儿并没有一个定论。梅蒂海当然是反对你和一切跟你有关的事儿的。"说着，用手画了一个圈，"你们是怎么回事儿，我不清楚，那是你们的事。我不相信你们两个人都是对的，关键是……"

侯赛因打断道："反对我？这是什么意思？"

人有多么无聊，又有多少企求和渴望！

米德哈特答道："你看啊，侯赛因。你是知道我对你的感情的，在这个我觉得会有损伤的问题上，别让我参与哪一方好吗？让咱们先能够得到……得到……"说着，又用手画了一个圈，"得到一些你认为能让你舒心的基本的、必要的东西。"

两人都沉默了，这回侯赛因再不用问了也没用的问题去打断他了，而只是专注地望着他。只见他两只乌黑的眼睛十分清澈，带有一种很难轻易解释的清高的味道，听他又道：

"总的来说，我父亲是支持你的，这很重要，能影响梅蒂海。"随后，脸上突然一亮。主啊，他那棕色的面庞，是多么容光焕发啊！说真的，穆妮兰也很为你辩护呢！"

"是吗？真怪！"

“你还住在你姨妈家，是吧？在哪儿？在库尔德区？”

“是的，在谢赫之门的另一边，雅辛咖啡馆后面。干吗？”

“我想在哪天下午带着你闺女去看你，你说好吗？”

这建议让侯赛因觉得不安：

“别，别！钻胡同走小巷的，黑着呢！咱们都去东方之门或者你们家附近的公园不好吗？我……我是说如果你觉得时间足够的话。我曾站得远远的看着她们去上学，有一次还跟珊娜说了话。我的意思是别太难堪了。米德哈特，这你比我还清楚。”

“行，行。”

侯赛因大声道：

“你知道，米德哈特，我不愿让孩子们看见我住在那种地方，哪怕就看一眼。我是说……逛公园可能对她们的身体有好处。”

“行，行。”

这简短的答话让侯赛因觉得不舒服，但又怕继续这个不好说的话题从而令自己更难堪。他从未声称过自己是个模范父亲，这他们都知道。但谈话中表明了一件事，即隐隐表现出他的卑怯、无能及对女儿缺乏认真的关爱，这降低了他作为一个人的地位。他多么希望能加以否认啊！只几分钟、几句话之间，一堵铜墙铁壁已把自己和米德哈特隔离开了。在娶他姐姐前，两人本是朋友，在婚姻危机和外出远行期间，两人也仍然互相谅解。许多事情侯赛因都并不对他隐瞒，若说瞒过些什么，那也只是因为羞于启齿。他总觉得，在米德哈特面前自己在思想上、人品上应表现得更好些。

又听米德哈特道：“这几天你都去哪儿了啊？”

这一问让他在某种程度上觉得宽心了些。

“我说米德哈特，我还真不知道上哪儿去，怎样去打发时间呢，没什么可去的地方，茫然啊！咖啡馆、电影院、看书，都不怎么样……

什么时候才有个头啊！”见他表情中有一点儿嘲笑、好奇和不信任的样子，侯赛因继续道："有一家低价位的酒吧，真是卖酒的，在咱们坐过的那个小广场后面，叫艾瓦尼斯酒店，还不错。我去过几次，比较便宜。你要是愿意，哪天过来。真的，米德哈特，跟那伙酒友们见见。昨天，阿德南也来了。”

“哪个阿德南？”

“你表姐玫丽海的儿子啊！我忘了他父亲那家伙叫什么了，还是我妈的亲戚呢！”

“我知道了，我知道了。他就是你们那伙好朋友之一吗？怎么又成了你妈的亲戚了呢？”

“我妈本是胡威德尔人，他父亲也是那个地方的，是个农产品经纪人，也就是掮客。光脚的，我跟你说吧，真是个光脚的，是个目不识丁的文盲。你要知道，现在他也还不识字呢！是怎样发起来、交了好运的，这我就不知道了。也不知你大姨、穆斯塔法他妈是怎么找上这么个女婿的。”

“穆斯塔法他妈？噢，你是说穆妮兰她妈，这事儿可有年头了。”接着，又关切地问："侯赛因，你说，这个阿德南怎么样？是个什么样的人？”

“半大小子，任性放荡，冲动莽撞，无所事事。开着车，往返于巴格达和巴古拜之间。就这样。都干些什么？我可就不知道了。不过是拉皮条呗！说得斯文一些，就是放荡不羁。”

“前两天来我们家了，可能就是昨天吧。真不知道他跟穆妮兰和她母亲有什么事儿。”

“别让他进家门！这小子，自私，骄气，放荡得很！”

“你挺不愿见他的？为什么？”

侯赛因没有立即回答。这种人，愚蠢却很幸运，他不喜欢。动物的一切低能与粗俗他们全都具备，可却过着最上等的生活。没有危机，没有真正的难题。侯赛因道：

“不愿见他？干吗呀？我不知道。也许吧！他不叫人喜欢。”

他没给自己付过账，也不让自己搭他的车。由于觉得对这种人尚有所求，所以让自己又经受了一种屈辱。真该死！只听米德哈特道：

“说真的，侯赛因，哪天我去看看你们。”

“去哪儿？”

“去那家酒店，艾瓦尼斯酒店。告诉我，那店在哪儿？”

“在东方之门、和平电影院旁边。那可不是个高档次地区，可这碍我们什么事儿？艾瓦尼斯这家伙，卖的酒便宜些，那个地儿就他这一家。来吧，米德哈特，今儿就来。你有事儿吗？”

“我看看吧。你几点去那儿？”

“几点都行。七点半，八点，随你便！”

“噢，八点，八点半，这时间不错。”

“好！”

米德哈特到底会不会来呢？他不会找不到这家店的。听见前台有人在跟艾瓦尼斯说话，侯赛因听声音知道是他，便从坐着的地方蹦了起来。他十分高兴地带回米德哈特，并将他介绍给那伙酒友，然后请他在自己的位置上坐下，这才拉过一只空桶，坐在他的旁边。

没有钱，没有酒，侯赛因本觉得孤独无聊，只要依然清醒，他是不惯于跟酒友们搭讪的。这时，他便要了一小杯烈酒和一瓶冰镇啤酒。他觉得米德哈特真是个优雅的青年，身上散发出一种好闻的香气。猛喝了两口那醉人的琼浆，便将这一观感告诉了他。米德哈特微微一笑，并不作答。快九点了，侯赛因问：

“人家喜欢那些书吗？”

“穆妮兰？”

侯赛因点了点头。这名字多好听啊！只听米德哈特道："嗯，她很喜欢。"

见他喝了一大口啤酒，侯赛因也举起杯来喝着。他需要远离这个世界，至于与烈酒轮着喝，品不出啤酒的味道，这却是无关紧要的。

"几天前我看见凯里姆了，又黄又瘦。他现在怎么样了？"

"感赞安拉，也好，也不好。你知道的，他病了，我跟你说过。他病了很久，病得莫名其妙，不知是什么病。好像他不想过了，不想活了。"

"怎么回事？愿安拉保佑，没事儿吧？"

"我还真不知道，问题挺复杂的。他有个非常要好的朋友，就在他眼前被汽车轧死了。这事儿对他打击很大。他从小就不爱跟家里人说话交流。几天前，他在院子里摔倒，晕过去了。家里人都很担心。我不知道这孩子是怎么回事儿。"

他语气抑郁，语速迟缓，没说完就又喝了一大口啤酒。侯赛因也默默举起了酒杯。

"米德哈特，你们家里怎么样？"

"什么怎么样？"

"你，大伙儿，都怎么样？你还好吗？"

"还行！"米德哈特点点头，并用手做了个毫无意义的动作。接着，突然问：

"你呢？我是说，你到底是怎么回事儿，侯赛因？准备怎么样？"

"我不想怎么样，干吗还要怎么样呢？"说着，笑了笑。见米德哈特面露愁容，便接着道："已经来不及了。"

"这叫什么话？什么来不及啊？"

"你是蒙骗不了的。就像你的生活，没有什么会在不被你察觉的情况下溜之大吉。你不用跟我说什么人活到四十岁甚至六十岁青春刚刚开始之类的话。瞧瞧我现在，瞧我这样子，你怎么想都行，会有什么结果呢？回去工作？回到梅蒂海和两个闺女身边去？你知道，两条路都行不通。我是不会有活儿干了……”说着，举起酒杯道：“干杯，祝你健康！”

米德哈特望着他，似乎有些不悦：“你看啊，侯赛因，你的情况，你的一些想法我现在无法跟你探讨，我是在想，要有个前途，而你却把所有的门全给堵死了。”

“什么前途啊？”接着，连自己都不知为什么问了句，“你要结婚了吧，米德哈特？”

米德哈特掐灭了烟，把杯中剩余的酒一饮而尽。沉默了好一会儿，望着前面，仿佛侯赛因并不在他身旁。接着，又听他用沉重的声音道：

“问题是你不想让自己有前途，不把它当一回事。这本来很容易，并不费劲儿。如果你能去做，如果你能凭良心去做，这更容易！”

说到此，便打住了。透过浓重的烟雾和暗淡的灯光，见侯赛因的脸上露出了似若不安的神色。米德哈特朝他侧过半个身去，用锐利的目光狠狠地盯着他：

“你的话骗不了我，侯赛因。你心里到底是怎么想的？”这话一连问了两遍，随后突然轻声道：“侯赛因，你是否倾听过内心的声音？是否有一个声音在到处追逐着你，询问你的一切，评论你的一切？询问这是干吗，为什么这样干，询问什么是对，什么是错，什么是口是心非，什么是违法乱纪，什么是胡作非为，什么是一败涂地？当你说话或缄默时，当你独处或与人共处时，是否有一个永不休眠、永不歇息的声音总在向你陈述？你心中有这声音吗，侯赛因？你有吗？”

艾布·纳齐姆无声地暗笑着，艾布·夏基尔也在偷偷地乐。侯赛因小心翼翼地瞥了米德哈特一眼，只见他已陷入沉思，脸上显出一种置身于世外的神色。侯赛因微微一笑，想以与那两位酒友调侃来缓解一下自己的神经。这时，一位新的来客打乱了他的步调。那人高高的个子，没系领带，乌黑锃亮的头发披散在额前。

“晚上好！”见里面没自己的座位，便站在了屋子中央。

侯赛因大声道：“晚上好！欢迎，欢迎，阿德南！”

“欢迎你，老弟。我们正提起你呢！”

阿德南后退一步，大声招呼着：

“艾瓦尼斯，椅子，拿把椅子来！”随后，见米德哈特在座，便又退后一步。“米德哈特先生，你身体好吗？”

“很好，谢谢，阿德南。你呢？”

“感赞安拉！”

艾瓦尼斯搬进一把藤椅，阿德南接过，放在进门处，边坐边道：

“迪亚那牌的冰啤酒，快，阿瓦尼斯！”

说着，掏出盒烟来，给大家递烟。米德哈特没接，只是好奇地注视着他。侯赛因问：

“阿德南，昨儿个怎么走那么急，起码捎我们一程啊！”

阿德南跷起二郎腿，说道：“我有点儿事，苏哈他爹。”

侯赛因觉得有一肚子气，这个浑球，以为口袋里有几块钱，就有权力想小看谁就小看谁了。只听米德哈特突然问：

“阿德南，昨天你上我们家干吗去了？”

阿德南软了，把烟从嘴上取下，腿也摆正了，紧挨着放在身前，匆匆答道：

“噢，噢，我是去问问穆妮兰……问问我小姨的，巴古拜的学校正在找她呢！”

“找她干吗？学校有你什么事儿？”

阿德南咽了口唾沫，侯赛因看见他咽了口唾沫。过去从未见过他这样，这该诅咒的家伙，忐忑得像只绵羊似的，结结巴巴地道：

“我妈……噢，是我妈去的学校，没我什么事儿。”

艾瓦尼斯托着瓶冒冷气的啤酒进来了，阿德南一把夺过，就把冒着泡的啤酒往杯子里倒。白色的泡沫溢了出来，流得到处都是。在座的人齐声喊道：

“别，别，你这改不了的，多好的啤酒，罪过啊！”

阿德南把嘴伸进满满的杯子里，喝了一大口，嘴的四周及稚嫩的胡子全浸湿了。随后，举起酒杯，大声道：

“祝你们健康，伙计们，对不住，祝你们健康！”

“祝你健康。祝大家健康，干杯！”

众人遂一饮而尽。

米德哈特静静地观察着阿德南，对身边的一切都不关心，众人的吵闹声并未分散他的注意。侯赛因希望，米德哈特别再问那些问题了，这造成了一种让他觉得不舒服的气氛。他并不确切了解那些事，按他的水平，也不理解那意味着什么。他企图引开米德哈特的注意，遂问：“米德哈特，近来在看些什么书？”

米德哈特扭动一下双唇，并不回答，侯赛因又问：

“苏哈和珊娜这两个丫头，在学校里表现怎样？”

“两人都及格了，珊娜比苏哈更好些，看来她更聪明。”

“哈，苏哈也是很聪明的。”

只听艾布·夏基尔大声道：

“侯赛因老弟，你是怎么回事儿？怎么在打听你闺女啊？你不知道她们的情况吗？安拉保佑，没事儿吧？”

他的那副墨镜，与其说挡住了他的双眼，不如说挡住了他内心的想法和意图。侯赛因正举起杯子，抬到嘴边，突然产生一个疯狂的念头，想连杯带酒全扔到那张皱巴、焦黄的猴脸上去！他将冰凉的酒灌入腹内，一股热气从中部涌将上来，直冲脑门。他绝不回击，把目光转向右边的墙壁，然后抹了一下鼻子和额头。他绝不回击，只装作这种嘲讽对他并无伤害。可他却听见米德哈特在轻声说道：

“你不能指责他。他可是对你、对你的生活并不了解啊！”

侯赛因转过身去，他脑袋发晕，晕得越来越厉害。正担心自己会失去控制，耳边已听到了自己用有些含混的声音道：

“艾布·夏基尔，咱们可都是老乡，谁不了解……”他猛咳了一阵，然后用手臂大幅挥动一下，做出一个侮辱性的动作，“谁不……了解谁啊！”

为使自己的话能让人明白，他的舌头很费了些劲儿：

“在科威特的那个男童，你给他下彩礼了吧……”

那一位大叫起来：“扯哪儿去了，我说，你扯哪儿去了？”

阿德南涨红了脸，大笑起来。一绺头发垂在额前，酒杯举在手里，嚷道：

“好哥儿们！大伙儿干杯！”

艾布·夏基尔也嚷道：“侯赛因老弟，你好像不知道似的，干吗还问哪？谁都有自己的乐，你取你的乐，我也可以取我的乐！”他那张布满弯弯曲曲皱褶的脸上，似乎什么都暗淡了下来。接着道：“对不住，哥们儿，我也是人哪，没什么隐私。我怎么啦？有我什么事儿啊？人人都在给自己找乐嘛，我又怎么啦，对不对啊哥们儿？要说侯赛因老弟他没日没夜地不停酗酒，喝得连路都不认识，有我什么事儿啊？要说侯赛因老弟他追逐……你们可别见怪……他一家家门楼去追逐女人，一步栽一个跟头，有我什么事儿啊？侯赛因老弟取他的乐，亲爱的老弟干他的事儿嘛！哥们儿，我把彩礼送给一个女娃还是……你们可别见怪……还是一个男童，跟他有什么关系？我知道我在干什么，我取我的乐嘛，对不对啊，哥们儿？”

阿德南又咯咯大笑起来。

侯赛因发现，米德哈特在注意地听着艾布·夏基尔那一大篇胡言乱语。他既感到可气，更觉得处境的尴尬。这个艾布·夏基尔，一喝醉就这个样子，自己不能认真地去反驳他。只听米德哈特问：

"艾布·夏基尔，你说你取你的乐，是指什么？"

艾布·夏基尔缓缓举起酒杯，慢悠悠地喝着：

"我说老弟，就像我刚说的那样啊。我取我的乐嘛！我想要些什么？我心里想要什么？啊，老弟？我脑子里在想什么？"

侯赛因大声道："当然在想一个漂亮男孩儿，一个美少年啰！"

在座的都大笑起来。侯赛因接着道：

"不过，艾布·夏基尔，你得知道，我可从来也没在路上跌倒过，也从没栽过跟头。你干吗瞎编啊？干吗无中生有地给我胡编滥造啊？"

"侯赛因老弟，我是亲眼所见呢！"说着，指了指自己那副墨镜。侯赛因喊道：

"哈，你那双眼睛，莫非是鹰眼吗？这么说，哥们儿，这事儿就算结了！"

在众人沉默的片刻，侯赛因突然想起了那个奇妙的姑娘，不知是从大街的何处蹿出，浮现在他的面前。浅棕的肤色，乌黑的秀发和眼珠，年龄还不足二十。穿着件白色的绣花长裙，由一个或者两个女子伴着走进了一家商店。

当时，侯赛因由于在公司上夜班，熬夜工作，弄得又累又饿。见了那姑娘格外迷人的面容，竟感到有一种说不出的舒坦。他希望能永远凝望着她，沉入她那迷人的秋波之中。几次挨过去，她却又避开了。从她的语调看来，那姑娘不是科威特人。饱满的双唇，红若血滴；乌黑浓密的秀发，披落于双肩和背后。侯赛因很想去摸摸她，摸摸她那浅棕色的纤指和描着黛墨秋波流转的双眼。虽然侯赛因感受着强烈的性饥渴，但那时却是不一样的。那姑娘对他的吸引，比性事和片刻的欢娱更为广阔、深邃。仿佛那便是他对女性的一种最温存的感情，他对爱情的一种最甜蜜的梦想。

几乎要挨近那姑娘时，他却在一面镜子里看到了自己，清楚地看到了自己那张胡子拉碴、目光迷惘的焦黄脸庞。面对这个突然看见的形象，他惊呆了。刚从惶惑中缓过神来，已不见那姑娘的踪影。他急匆匆地追去，在狭窄的店门口绊了一下，便跌倒在地上。自此，再也没见过那位姑娘。

米德哈特对他道："侯赛因，你怎么不说话了？"又问，"还喝一小杯白酒吗？"

"不了，米德哈特，今儿够了。你喝吧，你要啤酒？"还没听见回答，侯赛因便招呼起艾瓦尼斯来。

阿德南正安安稳稳地喝着他的酒，面前已摆了两只空啤酒瓶。侯赛因发现艾布·夏基尔在注视着自己，却未加理会。他知道，艾布·夏基尔是不会伤害任何人的，只是他刚才提及自己的两个女儿，这才令自己有些不快。

艾布·夏基尔打破沉默，大声道："偶见狗熊，狠嗑果壳，宰杀狗熊，我食果仁。"

艾布·纳齐姆问："这是什么呀，艾布·夏基尔？"

"绕口令。你能说得特快吗？"

话没出唇，艾布·纳齐姆就已经结巴了。

"偶……狗……嗑……壳……杀……食……果仁，哥们儿，我说得怎么样？"

阿德南咯咯大笑起来。

"你们宰的这是头什么狗熊啊？"

"绕口令，老弟。我不是说了吗，这是绕口令。我既没宰过熊，也没见过熊。我是说，你能很快地说一遍吗？偶见狗熊……"

阿德南站起身来，高高的个子，袒露着胸脯，打断艾布·夏基尔的话道：

“我……”略停片刻，似乎在欣赏着这个字眼，并撩起了挡在眼睛上的发缕：“我可是个汉子，可以给你指出哪儿有狗熊。知道在哪儿吗？”

艾布·夏基尔和艾布·纳齐姆都疑惑好奇地望着他，米德哈特则对他侧目而视。

阿德南大声道：“先生，知道狗熊在哪儿吗？”

说着，用胳膊朝一个方向挥动了一下。

“在那儿，在‘颂扬门’[①]。”

艾布·纳齐姆道：“先生，咱们别谈政治，我们跟那头熊没啥事儿好说的。”

艾布·夏基尔不安地问：“他是在说领袖？”

艾布·纳齐姆答道：“我不知道。你不明白？脑子不好使了？”

阿德南直挺挺地站着，用胳膊比画着，满脸是汗，嘴角露出一丝奇怪的微笑，继续道：

“这头熊，先生，这头熊才是咱们该杀的呢！”

艾布·夏基尔嘟囔道：“谁说狮子好，准被胡狼笑！”

阿德南喝道：“什么？我们可不是胡狼，先生。你这种人的脾性，我可清楚了！”

“对不起，老弟，对不起。我是在说我自己呢，有你什么事儿？”

“你又怎么啦？一个高贵的公民嘛！我们是在维护你，你也得维护你的权利，咱们的权利。你又怎么啦？”

“我没什么，老弟。只是……弱驴一头，谁来都要它再加把劲儿，如此而已！”

“别这么说，先生，你并不代表人民，而我们才……”

① 当时伊拉克首脑卡赛姆居住地。——译者

艾布·纳齐姆突然道：

“你们是什么人？老弟，你们是什么人？”

阿德南慢慢将手放回身边，说：

“我们？你问我们是什么人？”说罢，眯起双眼，似乎真有话要说。随后，又一噘嘴，转身道：“你们很快就会听说的！”说罢，狠狠地侧目瞥了米德哈特一眼，便消失于门外。

他走后，众人均默然无语。过去从未听见他用这种腔调说过话，以前只是冷讽热嘲，且带着些傻气。看来，他似乎知道某种不为人知的秘密。

米德哈特点了支烟，又喝了一口啤酒。侯赛因听见艾布·纳齐姆问自己：

“侯赛因先生，你认识这小子？”

侯赛因点了点头。天太热，这比阿德南的所作所为更让他觉得难以忍受。艾布·纳齐姆看着艾布·夏基尔道：

“你瞧，艾布·夏基尔，这伙人跟他认识，和咱们有什么相干啊？”

“对，对！现在几点了，艾布·纳齐姆？”

“十点三十五分，咱们走吧！”

“对，对！”

说着，两人同时举杯，一饮而尽。然后起身道别离去。这一切，都进行得悄然而神速。

侯赛因抹去脸上和脖子里的汗水，拿起酒杯，这才发现杯子已经空了，于是又轻轻将它放下。他希望能真诚地和米德哈特谈谈一直挂在心里的事，关于自己生活的真情，自己过去的事。如此默然无语，使两人都很沉闷。于是他用嘶哑的声音道：

“米德哈特，真抱歉。我本以为咱们可以安安静静地坐着聊一聊呢！”

“没什么，以后再找时间吧!”

“但愿如此。”

“这个阿德南……”米德哈特从鼻孔和嘴里喷出一口烟。“他是个什么人哪? 他跟……有联系? 我是说……或者，他还有些什么别的?”

“不，我想不是。干吗?”

“我是说，他的谈话并不一般啊!”

“整个儿胡说八道，小孩儿话，谣传。”

“谣传? 可能。不过，这次有点儿来头。”

“什么意思?”

米德哈特掐掉香烟。

“我并不很清楚。气氛有点儿异样。看来，咱们那位卡赛姆待不到明年夏天了。”

“你是说，阿德南的话关及领袖的未来? 不，这太过分了。”

米德哈特做了一个模糊的手势，并喝了一口。他想要杯白酒，也许……两人又一次沉闷不语了。侯赛因终于道：

“你看啊，米德哈特，我想跟你说点儿事。我不知道自己是怎么落到这地步的。你别说我醉了, 不, 没有。只是, 我脑子里总是空空的。我就像是从山顶被抛下的一块石头，可能现在还是，怎么会这样呢? 这一切的背后，有什么玄机吗?”

米德哈特关切地注视着他。

“侯赛因，你快活吗?”

快活什么呀? 没有计划，没有明天。也可能快活，因为，我对生活一无所求。我没耐心啊,米德哈特! 那些闯入我生活的人……我是说，那些走出我生活的人，该感赞安拉才是。活在这个世上，既没德性，又没耐心，我算是什么人哪!”见米德哈特微微一笑，又道：

“我尝试过, 是的, 正如你所说的, 有过各种经历, 捣过乱, 挨过饿,也曾漂泊游荡，被人耻笑，受人侮辱，等等，多着呢！可是，米德哈特，早晨起来，我就什么也不记得了。这是怎么回事儿啊？”

“侯赛因，你说这些干吗？”

他是在笑话自己呢，侯赛因赞同道：“是啊，这会儿是说这些的时候吗？你谈谈吧，说说你和那些人的事儿？”

“哪些人？”

“你跟那位优秀杰出的穆妮兰姑娘怎样？”

“你什么意思？”

“是啊，她又漂亮，又聪明，又杰出。”

“别提这事儿，侯赛因，我不愿想这事儿。”

“什么愿不愿意的，要是什么时候都像这个样子，那咱们就生活在乐园里啰！”

“总之……”米德哈特看了看表，“时候不早了，明天还要上班，咱们该走了！”

第五章

在院子的一个角落里，米德哈特和父亲一起坐在一张条凳上，听他说话。午后，两人在底层的小屋里睡了一会儿，下午醒来后，便坐着等待给他们送茶来。天色淡蓝，依然阳光四射。父亲正在谈着自己的生活，从童年谈起，尚未结束自己的回忆——

“我父亲，求安拉怜悯他，喜欢找乐，没完没了地熬夜。他喜欢交友，喝酒，找女人，玩牌，毫不在意后世会怎样。唉，求安拉怜悯他！他长得非常帅气，高个子，很精神，大眼睛，八字胡。”

略一停顿，并很快地数着念珠，“记得有一次……”又一停顿，并遥望着看不见的地方。“那年我可能十四岁或更小些，我父亲有两个晚上没回家了，我们可全得靠他啊！除了他，就我、我母亲，你姑姑和我奶奶几个。由于担心，我可怜的妈都要疯了，可她还是忍着。第三天，我奶奶抓着我的手说：‘你得去瞧瞧你爹是怎么了？’他在酋长的果园里干活。那时候，酋长的果园谁进得去？而我当时还是个总爱在晚上跑出去玩的毛头小伙子呢！说要紧的，我奶奶给我雇了辆车，她认识那车主，嘱咐他把我送去，再接回来。”

米德哈特的母亲在楼上喊道：

“米德哈特他爹，茶沏好了，上客厅来喝吧！没人下去。我怕凯里姆得要我侍候呢！”

父亲点了点头，没搭理她。

“咱们说哪儿啦？噢，那车主是个好人，把我送去后，就在那儿等着。我一到那儿，特害怕。那是个春天的下午，太阳红彤彤的。果园里枝繁叶茂，密不见路。我走了一刻钟，像头傻乎乎的绵羊似的迷了路。最后，突然从树杈中窜出来一个黑奴，冲我喝道：‘喂，小孩，你在这园子里干吗？’这该死的家伙！我这辈子还从来没有像对这个黑奴那样害怕过。我咽了口唾沫，对他说：‘大叔，我是伊斯玛仪的儿子，我家里人让我来找他的。’他高高地站在我跟前，两只眼睛像两团炭火，说：‘站那儿，别动！’说完就走了。我站在那儿，像淋湿的小家雀儿似的直抖，连手指都不敢动弹。还好，没让我等很久，我就听到了脚步声，我从树杈间看到了我爹的衣裳。父亲站到我面前时，让我吃了一惊。他高高的个子，安拉怜悯他，衣服敞着，头发散在额前，眼睛红红的，又像是画了道黑边。他大声叫道：‘拉扎克，儿子，你来这儿干吗？’他靠在树干上，那样子真叫我惊讶。我对他说：‘爸，我奶奶一直在惦记着您，问您好呢！’听我这么一说，他笑了起来。阳光直射在他头顶的柑橘树上，把他的脸照成了一个光团。他把手伸到了额前，还没说话，只见枝杈间飘来一件红裙，从父亲背后走出一个女子……”

两人听见努莉娅又喊了一声。米德哈特抬头望见了母亲的脸庞。见她正在栏杆后朝他们探望，并用手示意让他俩上去，却并未开口。米德哈特的父亲一边数着念珠，一边答道：

“好，好，我们这就上去。你把茶斟了吧，我们这就来！”接着，压低了声音道：

“她白极了，很丰满，头发又黑又长，弯弯曲曲的，直垂到腰那儿。

你会说，那是哈伦·拉希德[1]的一位歌伎呢！伟大的造物主啊，她真是美极了！那女子倚在我父亲肩上，说：‘我想瞧瞧你儿子，他长得跟你一样帅吗？我想瞧瞧他。’我记得，那声音特好听，抑扬顿挫，很甜。父亲伸出带了块表的胳膊，一把就将她搂在了怀里——愿安拉怜悯他——然后对我说：‘拉扎克，你现在回去吧，把这块表奖给你妈，对她说，我挺好的，特好！’”

拉扎克沉默片刻，手指拨弄着长串念珠上的一颗颗珠子，满是皱纹的脸上又浮现出一抹迷茫的神色，然后喃喃道：

“那是一个春天，那女子叫莱哈娜，本来是唱歌的，听说爱上了我父亲并为他唱过几首歌。当时她很有名呢！赞美伟大的造物主。走吧，咱们喝茶去，要不茶该凉了……”

父亲的这场谈话及谈话的方式让米德哈特觉得很亲切。他正想问父亲，对那个女子有何感觉，她后来跟爷爷又怎么样了。这时，对着他们的那扇大门响了，并被慢慢推开，从中露出穆妮兰那张由黑斗篷裹着的脸，头已从门板后探了进来。脸虽有倦色，但依然光彩照人。穆妮兰微笑着向他们两人问候，米德哈特发现，她母亲也跟着走进来了。

拉扎克站起来，朝她们转过身去，表示欢迎。米德哈特的母亲站在栏杆后招呼大家都上一楼去。米德哈特在众人后面慢慢走着，待他们在客厅里坐定后，回到自己房间，换了衣服才出来。

大家都喝着茶，母亲则在讲弟弟阿卜杜勒·凯里姆害病的事。米德哈特坐在父亲身边，面对着穆妮兰，并拿起了茶杯。只听父亲问穆妮兰道：

“你姐姐玫丽海好吗？”

---

① 哈伦·拉希德（Haron al-Rashid，786—809 年在位），阿拔斯王朝第五任哈里发。——译者

“好，姨夫。”

声音十分柔和。米德哈特望着她，见她肩头依然披着斗篷，脸上不施粉黛，只是细细地描了一下眼圈。父亲又问：

“不知她现在有几个孩子了，六个还是七个？”

穆妮兰启齿微微一笑：“三个男孩，三个女孩，姨夫。”

“好极了，好极了。是啊，她很小就出嫁了。”说着，问米德哈特的母亲：“努莉娅，你说，玫丽海是几岁出嫁的？”

“玫丽海？很小就嫁了。不过，安拉保佑，她那时已挺大的个儿了。”

穆妮兰的母亲点头赞同道：“满十四岁，进入十五岁了。”

米德哈特看见，斗篷缓缓从穆妮兰的肩头滑落，露出了她蓝色的衣裳、洁白的脖子和高耸的胸脯。穆妮兰也在看着他。阳光从右侧照射到她的脸上，映入她的眼帘，又反射出蜜色的光芒。她的鼻子、两颊、嘴、双唇的线条起伏连贯，十分精致。两人并未交谈，只听母亲又提起了阿卜杜勒·凯里姆及他的病情。米德哈特见穆妮兰十分关切地倾听着，脸上露出了愁容。她几次问起阿卜杜勒·凯里姆的病状、起因及医生的诊断，急着要去看他。米德哈特的母亲匆匆站起，带着大伙跟穆妮兰一块儿去了。穆妮兰对阿卜杜勒·凯里姆非常关爱，语气温存。看来弟弟暂时振作了一下，接着又频频去抚摩额头，抹去汗水。大家都觉得这样会使他休息不好，便起身走了，准备去索菲娅姑妈的房间。这时，穆妮兰的母亲想起，她们把箱子忘在什么地方了。穆妮兰先是有些惶惑，接着便展开笑颜，匆匆向楼梯走去。米德哈特问：

“去哪儿啊，穆妮兰？”

她并不停步，答道：“就一会儿，我们把箱子忘在走廊里了。”

米德哈特跟了过去，与她相距有两三米的样子。穆妮兰很苗条，穿着高跟鞋，显得亭亭玉立，回身道：

“你不用来，米德哈特，那提箱很轻。”

"没事儿，我也想活动活动。"

两人小心翼翼地走下楼，进了院子。暗淡的光线中，米德哈特看见穆妮兰左侧的面部、眉毛、眼睛和小巧的鼻梁。当她将斗篷往身上拉直时，露出了肩头和背脊的上半部。米德哈特快步赶到她前面去开电灯并打开了走廊的木门。提箱正倚在一个幽暗的角落里。他提起时，感到很沉，便笑道：

"主啊，这便是你想自个儿来提的那只很轻的箱子吗？"

穆妮兰手扶门框站着，略略一笑，并未作答，只是默默地去将灯关灭，这反让米德哈特颇觉高兴。他迈着沉重的步子走去，感到穆妮兰就在自己身边稍稍靠后的地方走着，鞋跟轻轻地叩击着院子的石板地面。走到黑暗的楼梯口时，米德哈特朝她转过身去。见她已取下斗篷，挽在手里，浓密的秀发披散在消瘦的肩头。她问：

"你累了？"

"不，你最好走在我前面。"

"楼梯没灯？"

"没。"

穆妮兰从他身边走过，轻轻地爬上楼梯。米德哈特吃力地跟在她身后，他开始觉得累了，但依然坚持着。穆妮兰在尽头处候着，脸上显出些许不安。

"米德哈特，就放这儿吧，好吗？就放这儿吧！"

米德哈特把提箱靠墙放好。他问道：

"这就是你们的全部行李？"

"不，我们是想先住下再说。"

"要搬巴格达来了，是吗？"

穆妮兰两眼盯着地面，边走边道：

"但愿安拉应允吧！我已经给我哥穆斯塔法写了信，可能他会去教育部做安排的，他在那儿有朋友。”

到了自己房门口，米德哈特站住了。穆妮兰说了声：“回头见！”继续往前走去。离开米德哈特，走进了吵吵嚷嚷的索菲娅姑妈的卧室。破旧、黝黑的墙外，蓝天清澄似镜。米德哈特凝望着走去的穆妮兰。她那深色的秀发散乱地披在肩头和背上，细腰随步子扭动，两腿却并不十分挺直。米德哈特觉得，可能有某种看不见的心灵的劳累扭曲了她的步态。他进屋坐在了床边。自穆妮兰与她母亲去了巴古拜，已有数月未见了。以前，她更欢快，生活中更热情、开放些。也许，那座死气沉沉的城市，将她的锐气也磨灭了吧！

米德哈特感到，心中十分平静，并平添了几分欢欣。他想，穆妮兰住在他们这儿，便意味着自己须决定对她抱有某种态度。而在此之前，应先了解自己与她之间有多大距离。若依照往日他俩之间的关系，那未来是毫无希望可言的，往事丝毫无助于为他提供任何参照，从而以此为基础在未来采取行动。仿佛穆妮兰是今日黄昏时方现身于人世似的！

家里静悄悄的，只能听到栖息在小花园树丛上那些鸟雀的啼啭声。太阳已撤回了自己最后的光环，房间里，四周一片淡淡的黑暗。家里的人是静不了许久的，稍后便将响起一片晚餐的嘈杂。米德哈特不想离开他坐着的地方，他觉得，在自己心灵的天涯里，已存在着那位新来者模糊的幻影。

在湿润的底层小屋里，米德哈特正与父亲一起默默地用午餐，母亲坐在他俩身边。米德哈特想告诉母亲，中午下班回家时，把一个女孩子错认作穆妮兰了。当时，那姑娘正穿过马路，步态轻盈，身材苗条。一见之下，米德哈特还以为她是穆妮兰呢！吃完饭，他便与父亲起身去午睡。又想起几天前，接线员接错号，他也曾以为是穆妮兰给他来的电话。

屋顶电扇下，米德哈特在床上辗转反侧。醒来后感到脑袋发沉，便去洗漱间用凉水让自己略觉清爽。虽已过了七月，但天并不是很热，但愿今年夏天不要太热就过去吧！

他匆匆上楼，到宽阔的外廊时，看见穆妮兰端着两杯茶进了阿卜杜勒·凯里姆的房间，便放轻了步子。只听她对自己的弟弟道：

“我不知道原因，但可以肯定，茶是有助于散热的。”

阿卜杜勒·凯里姆答应着，穆妮兰笑了。米德哈特觉得，她的笑声带有一种特殊的色彩，隐含着一种欣喜。他探身进去，说道：

“晚上好！”

只见穆妮兰笑容满面，目光炯然，坐在阿卜杜勒·凯里姆床边的一张小矮凳上，手中拿着茶杯，身子略向前倾，正扭过头来望着自己。这模样让米德哈特看得喘不过气来。那大大的蜜色眼睛，那金黄的秀发，那含笑的朱唇……在说道：“晚上好！”一袭紫裙，领口很窄，突出了紧挨着的两个乳房。

米德哈特问了问弟弟的身体，看来，他也是神采奕奕的样子。他本想离去，但又觉得，那样便意味着他俩有权单独待在一起了。他在床边坐了下来，面冲着穆妮兰。穆妮兰紧并着膝盖，调整了坐姿，向后靠了靠，对他道：

“谢谢你送的书，真不知该……”又转而对阿卜杜勒·凯里姆说：“是他给的，我还没告诉你呢，你不介意吧！”

米德哈特道：“我是特意给你买的。”

“谢谢，谢谢！”

“能帮你消磨时间吧！”

“太能了。”看着他弟弟，又道，“凯里姆也读了几本，不只是我一个人看呢！”说着，笑开了颜，“我时间多着呢，可你，凯里姆，你学习还来不及呢，快考试了。”

阿卜杜勒·凯里姆答道：“哪儿的话啊，穆妮兰，我只是在休息的时候读读这些故事书，别替我操心，我这是休息。”

米德哈特道：“不，凯里姆，你看啊，连续看书是很累人的，你身体受不了。”

“不累。相反，这些故事很轻松，很能让人消遣。”他又转而对穆妮兰道：“就是穆妮兰想自己独霸那些书，不愿别人来跟她争呢！”

大家都笑了。米德哈特又问弟弟：“凯里姆，你去学院了吗？”

“去了，昨天去的。”

“拿到课表了？”

“没有。他们说，要下星期才出得来呢！”说着，把茶杯放在一边，“这几天学校里乱极了，也不知道是什么缘故，有各种各样的谣传。”

“什么谣传？”

“我还真不清楚。有说是今年没补考了，有说是考完试或者在学年开始时，学生要罢课。我不知道是怎么回事。”

“罢什么？后来呢？”

“不知道。他们说，罢课、罢工、罢市，这次可什么都有。”

“谁说的？”

“好多人都说呢。当然了，除了跟随领袖的那伙人。”

“我跟你说，现在这局势，只有用武力才能除掉卡赛姆。这个人手上已沾满鲜血，只能用武力才能教训他。虽说他对局势已经失控，但如果不用武力，什么也干不成。什么罢课呀，仨瓜俩枣，难成气候。”

穆妮兰道：“不过，米德哈特，你看啊，如果罢课、罢工、罢市越闹越大，而且联合行动，也就是说，如果形成了一个反卡赛姆的阵线，那么，什么事情都有可能发生的。你知道吗，除了在巴格达，政府的权力很脆弱呢！比如说，在巴古拜，人们就公开地骂卡赛姆。”

米德哈特问:"这倒是的,穆妮兰。你调巴格达来的事儿有些进展吗?"

窄小、炎热的屋子里，光线已越来越暗，但穆妮兰的脸上依然留有一些光芒。她有些抑郁地道：

"没有。我哥穆斯塔法没法来巴格达。不过，他指望这个月的月底能有个假期。两个星期，或者十天以后吧。"

"如果调不成呢?"

她的脸越发阴沉了，沉默了一会儿，起身端起茶杯，说道：

"不知道。安拉是仁慈的!"

她那白色的裙子很窄小，裹在她丰满的身躯上。当她端着茶盘往外走时，米德哈特的目光便也追随而去。她一走，就感到屋内暗淡无光了。米德哈特起身打开电灯，见吊扇还在转动，问弟弟道：

"凯里姆，功课怎样了?书念久了头晕吗?"

"晕，常感到晕。"

"总地来说还是太虚。"接着突然道,"自从福阿德死后你的身体就垮了，这你得知道，得明白这道理。"

阿卜杜勒·凯里姆似乎没听见，一直在慢慢地擦着汗。

"有什么明白不明白的?这些事儿都有道理吗?"接着又慢慢道,"当你明白你最亲爱的人死了，又有何益?跟你的生活有什么关系?有什么用?莫非就为让自己相信，生活不过是一连串机械运动，人的死亡和动物的死亡并无任何区别?"

这些话，是从他那干枯的双唇间轻柔地、无可奈何地说出来的。米德哈特没想到，会听到阿卜杜勒·凯里姆如此直率地说出自己的心声。他盯着弟弟看了一会儿，感到弟弟的一切都令自己内心深受撞击，他的疾病、他的绝望、他言语中的痛苦。只见他望着窗外的远方，凝视着那一片虚空，米德哈特不安地问：

"你这是什么意思?你以为，由于一个人……他死了，这世界就都得停止下来吗？”

阿卜杜勒·凯里姆扭头平静地看着他，眼中露出真诚的目光。

“为什么不呢？”

“别跟我狡辩，凯里姆。谁也不否认这种事情是很痛苦的，可是……这就是生活。谁跟你说生活必定就是舒适、幸福的？没人，也没任何事会让我们有这种信念。你只是得及时地明白这点，拯救你自己。就这样，你必须拯救你自己。”

“也就是说，跟动物一样？”

“什么？什么？你干吗瞧不起动物？来，咱们来掂量掂量，就算咱们比动物强，又有什么用？”

“我没法掂量，我不愿为人辩护，我没什么可以用来为人辩护的。只是……”阿卜杜勒·凯里姆显出痛苦的神色，“只是，我觉得自己已无法接受这种生活了。可能这有些夸张，可是，我相信自己再不能忍受死去一个像福阿德这样的人了，不，我不能忍受了！”

说这番话时，他并无任何手势，目光十分忧郁，时而一闪，又熄灭了。米德哈特道：

“如此抑郁，又有何益？你为什么要坚持生活于往事之中，为什么？”

阿卜杜勒·凯里姆深深地吸了口气，又吐了出来。

“我并不愿生活在往事之中，我并不愿回忆和解析往事，我并不愿去明白那难以弄清的事情。这些我都知道，都知道。”突然，他看着哥哥，“可是，你瞧，米德哈特，我感到有什么东西无时无刻不在把我拉回到往事之中……把我拉回到福阿德的身边……哪怕只有五分钟，哪怕我只能跟他说一句话。是的，这不可思议，我知道，可我无法消除内心的这种冲动。我……我必定是做了什么对不住他的事情，一种罪孽，一定是的。可那是什么？是什么？”

他并非是在自问，相反，米德哈特觉得，他弟弟心中藏有某种秘密，一种连他自己也想隐瞒的秘密。只见他用左手捂住双眼，并按在自己的颧骨上。细心梳理的乌发，在室内的灯光下闪亮。米德哈特不知该说些什么，他隐隐觉得，整个事件里有一个十分重要的方面被掩盖了，这令他很不安。他又想对弟弟表示关怀，告诉他一切均如夏日的乌云，稍纵即逝；告诉他，他的青春与活力，足以随时间的推移使一切恢复如初。米德哈特站起身来，用手按住弟弟的肩头，说道：

“凯里姆，你为什么这样折磨自己呢？”

只见阿卜杜勒·凯里姆把手从他的脸上放下，看着前面，又见他两眼闪出了光芒。原来，穆妮兰正倚在门框上，朝着他们兄弟俩凝望。她又回来了，并且如此站立着，这使米德哈特感到有些惊讶。她两眼描着淡淡的黛墨，秀发挽起，依然穿着件紫色的上衣。

“对不起，我是说……我姨妈她一个钟头前就出去买东西了，到这会儿还没回来，我不知道……我们都惦着呢！”

米德哈特问：“她上哪儿啦？”

“不知道。可能……去买大饼和蔬菜了。”

她一直用关切的目光望着凯里姆。

米德哈特不悦地嘟囔道：“我跟她说多少次了，别这样在外面乱跑！”说着，便往外走，匆匆经过穆妮兰的身旁时，一股清香袭来。待他穿过幽暗的门廊，穆妮兰又走进了他弟弟的房间……

穿过窄窄的门廊，米德哈特朝索菲娅姑妈的房间走去。只见她坐在地铺上，两手按在膝头。宽大的窗户全敞开着，远处的灯光照亮了屋子的四壁。

“姑妈，就您自个儿？”

索菲娅无可奈何地摊开双手，却并不回答。

“我姥姥呢？”

“上屋顶平台去了。她热得受不了啦！”又匆匆道，“坐啊，米德哈特，干吗站着？现在几点啦？”

“不知道，姑妈，可能快半夜了吧！怎么，他们全上平台了？”

“全上去了。就是你弟弟，眼睛没离开书本，已经四个钟头了。我替他都要操碎心了，可又怕去跟他说。”

米德哈特本想应付她几句就走，却又听她说道：

“你出去刚一会儿，穆妮兰调巴格达的消息就到了。可能你还没走到街头呢！”

“什么，什么，姑妈？”

索菲娅一边嚼着饼干，一边答道：

“我不是叫你坐下吗，这会儿凉风也吹起来了。穆妮兰已经调来巴格达，他们说，调到海德尔哈纳区的一所学校。”

“谁说的？谁捎来的信？”

“阿德南，玫丽海的儿子阿德南。你一出去，阿德南就来敲门了，要见穆妮兰。珊娜给他开的门，是她告诉我的。”

米德哈特突然意识到自己有些激动，他拽过一把椅子，坐了下来。

“阿德南？阿德南跟这事儿有什么关系？”

索菲娅抬眼望着他。

“米德哈特，我的孩子，他们有你什么事儿？也就几天，就各走各的路了。有你什么事儿，我的孩子？”

虽说眼边净是皱纹，可她的目光却十分敏锐。对她话里暗示的各种莫名其妙的事情，米德哈特毫不明白，这使他颇为烦恼。姑妈又缓缓地重复道：

“消息是从巴古拜来的，打她学校来的。阿德南拿着信，就赶到巴格达来了。”

她慢悠悠地说着，仿佛是拿这话在逗乐。米德哈特用沙哑的声音问：

“什么？还有呢？”

“就这些。她妈说，得找间房子，搬过去住。”边说，嘴里还一直在嚼着，“哎，也是啊，女儿是个教师，有工资，还没出嫁。她有什么好抱怨的呢？不像我，命苦。愿安拉怜悯弄成这样子的人，害得我还是脑袋挨墙壁地待着。每当哪个好人家的孩子来提亲，他们都说他家道平平，可人家也是挺好、挺宽裕的呀！愿安拉别怜悯他们！”

虽然满脸皱纹，但她五官端正，隐现着逝去的美貌。只听她叹道：

“没用啰，过去的已经过去了。孩子，你可得小心啊！”

“姑妈，您今儿是怎么啦？怎么有些不一样啊？”

“我什么时候好过啊？这辈子都是乱七八糟的！”喝了口水，又道：“米德哈特，你是个明白人，别跟人说这事儿是我告诉你的。珊娜她——我心疼啊——急匆匆地跑来，脸黄得像姜似的，跟我商量说：‘姑姥姥，那人拽着穆妮兰的手，跟她嚷嚷，把一张纸扔到了她的身上呢！’”

米德哈特又激动起来，心跳也加剧了：

“谁？什么？您在说谁，姑妈？”

“我在说阿德南，说的是阿德南。我跟你说了，你一走，他就来了，给穆妮兰捎信儿来了。说是调动的事儿，我不知道，不知道怎么回事儿。为什么会打起来？要打，干吗不上他们家打去？有咱们什么事儿？可怜珊娜这小丫头，吓着了。怎么啦？她有什么错？”

“干吗打起来了？为什么？阿德南跟她有什么关系？”

“她的侄儿嘛！”

米德哈特从椅子上站了起来。

“我知道，我知道。可是，他要把穆妮兰怎么样？要让她怎么样？”

“我哪儿知道啊，孩子。我不是跟你说了吗，他捎了信，开着他爹的车，赶到巴格达来了。轻轻松松的，坐在车上，什么活儿都不干，优哉游哉！可你，有你什么事儿啊，孩子？你倒是告诉我，跟你有什么关系啊？”

“姑妈，您今儿是怎么啦？谁说跟我有关系啦？”

索菲娅张大了嘴望着他，与其说是惊讶，不如说是不信。

“怎么就跟你没关系，米德哈特？那跟谁有关系？”

“您这公道吗？我出来进去的，跟她怎么啦？有我什么事儿？”

姑妈露出宽慰的神色。

“你这就让我放心了，愿安拉佑助你！”

米德哈特脱去被汗水湿透的衣服，换上薄薄的睡衣。他脑袋发沉，胃也有些不舒服。今天晚上，花生和瓜子吃多了。洗脸、漱口、洗脚后，凉水使他觉得清爽了些，随后便踩着梯级走上屋顶平台。湿润的空气出奇地诱人，令他胸中充满了活力。一开始，他的目光还不习惯于黑暗，一张张白色的床铺像夜晚栖息的鸟儿似的隐现在他的面前。他轻轻地朝自己的床铺走去，坐在了床沿上。平台的各处传来无序的鼾声，却并未打破夜的宁静。他朝穆妮兰床铺的方向望去，却未能看得真切。

米德哈特觉得，心中有许多互相矛盾的感受。姑妈讲的那件事使他心烦，她们要另迁别居，这该死的想法让他不悦。他倒在床上，闭上双目，不一会儿，只觉头晕了起来。没关系，待凉快、放松下来，就会好的。在珊娜转告给姑妈的话里，有些怪事，有些异乎寻常，比如，阿德南为什么来这儿跟穆妮兰争吵？他俩之间有什么事儿？或者，其实并未发生争执，并没打起来，而只是……不经意地欺侮了一下穆妮兰，可为什么？

他从床边坐起，觉得口干舌燥，左右环顾一下后，便下床绕行至栏杆旁的水罐处。他抹了一下双眼，整整睡衣，拿起一只陶杯。东方，一弯残月在晶莹无色的天上闪亮。晨曦初透，似一袭粉红的薄纱铺展开来。

身边静寂的大地，蒙上了一层浅蓝的银光。他手中执着那只陶杯，怔怔地站在那里。只见穆妮兰乌黑的秀发，散落在洁白的枕上。被单下，裸露出双肩。离她的床，只有两步之遥啊！凉爽的轻风，正抚弄着她的床单。

他感到口渴，便弯腰用杯子去舀水，随后酣畅地饮下这清冽的甘露，并流得嘴边都是，又深深地吸了口气。此时此刻，安静得有些出奇，连睡着的人也听不到他们在呼吸。他觉得，似乎穆妮兰动了一下，接着见她突然从床上坐起，两只手放在被单上，正凝望着自己。她的秀发披在肩头和胳膊上，不知是蓝色、白色还是灰色的睡衣，露出了她的脖子和前胸。米德哈特并未感到惊讶，却只是觉得有一种莫名其妙的迷惑。朝她的脸庞望去时，仿佛她还闭着双眼，可月光却又映出了她的明眸，他知道，一定是自己看错了。

两人互相看了一下，他轻声问：

“要水吗？”

只听见穆妮兰立刻轻轻地叹了口气，仿佛她刚才是将自己看成个幽灵了。她身子略略前倾，把脸埋进自己的双手，于是，秀发便直泻下来。米德哈特心中觉得有些不安。见她身子依然前倾着，显得越发苗条。米德哈特俯身舀了杯水，跨前一步，又一次轻轻道：

“喝水吗，穆妮兰？”

她迅速抬起头来，在伴着晨曦的月光映照下，面部的轮廓变得十分清晰。米德哈特觉得，似乎看到她目光迷茫，双唇略显松弛。也许她说了些什么，说了一言半语。但她那样子，完全表明并未看见自己，也没听见自己在跟她说话。她肤色苍白，浓密的秀发围住脸庞并散落于肩头、胸前。只见她睡衣敞开处，露出了双乳。米德哈特站得离她很近，又迅速偷偷瞥了一眼她那美丽高耸的乳房，心中十分忐忑。她一动不动地坐着，一副茫然若失的样子。

米德哈特伸手递过陶杯，真心希望她能接过去，摆脱这种局面。

只见她慢慢伸出手来，终于接过了水杯。一时间，两人的手指悄悄地碰在了一起，那是一种带着无限柔情的令人心荡的触摸。她举手将水杯送到唇边。这时，米德哈特看到了她的发缝，那由几丝乱发覆盖着的淡淡的发缝。

喝罢，穆妮兰默然无语地将杯子递还给他。米德哈特在她跟前站了一会儿，她却不再看他，仿佛已在另一个世界似的。米德哈特将杯子放回水罐上，回转身，只见她又躺下，盖上了被单。米德哈特慢慢地朝自己的床铺走了几步，再回首时，见她已安卧不动。米德哈特在床边坐下，平台的地面染上了一片银光。西方，天际仍缀着几颗银白的星星。他舒畅的心情中，夹杂着些许不安。穆妮兰是多么的与众不同啊！他注意到，自己那颗急剧跳动的心，正一点点趋于平静。以往，还未曾与她有过这种体验呢！尤其是在这样一个时刻，天色将明未明，晨曦与月亮并存，使人难以知晓，片刻之后，还会去做些什么。

也许，穆妮兰对他会有所猜疑，猜他是要在黎明时把她唤醒，不请自来地与她同眠共枕。已经有一个人在下午骚扰了她，黎明前，另一位又来欺侮她了。没什么，谁让她是一个无力保护自己的弱女子呢！哦，这是多么令人痛心的设想啊！米德哈特的心抽搐起来。

她，说到底是要远走高飞的，是要离开他们家的，谁又能知道呢？那轻盈的步态，那柔美的笑声，那窃窃的私语，那微微的笑靥，那蜜色的目光，那散发着女性娇艳和温情的人儿，行将从他们家的天地中消失。米德哈特的心，抽搐得越发厉害了。穆妮兰只是闯进了他的生活而已，但米德哈特觉得，哪怕她独处一方，也会从她那青春洋溢的心灵中给他送来一阵阵看不见的气息。

米德哈特躺下了。旭日东升，吹熄了月亮和星星的光焰。院落深处，鸟雀唱起了白昼的序曲。他不再过于不安了，合上双眼的同时，他觉得，在最近的某一天里，他将会去做一件美事！

第六章

珊娜犹豫地站在地上那一小滩水前，盯着自己的双脚和饰有红色皮革的拖鞋。头上，橄榄树伸展出枝丫，鸟儿在日落前欢快地鸣唱。她很想把脚尖伸进那滩水中去，浸一会儿再缩回来。混浊的水面，映出被弯曲的树枝划成的一道道蓝天。已经有好一会儿没听见母亲的叫唤，没见到母亲的身影了，她一定是在厨房里准备晚饭吧。抬头望去，见姐姐苏哈站在窄廊上，两手搂着布娃娃。母亲从厨房出来，大门外传来了敲击声。苏哈道：

“今儿晚上我要带娃娃上平台去呢！”

母亲走向中门，大声问：“谁，谁啊？”又对珊娜道：“干吗像石头似的站着？去看看谁在敲门。”

珊娜一边走，一边不答应地指着苏哈：

“那是我的娃娃，放下她！”

说着，便飞跑地穿过幽暗的走道。开门前，先问：

“谁啊？”

那人站在左侧，背对着光。珊娜觉得他脸熟，便问：

“叔叔，您找谁？”

那人高高个子，嗓音粗笨、尖厉：

“穆妮兰……她在这儿吗？”

他穿着件白色透明的上衣，深色的裤子。珊娜看不清他的脸，正想……那人喝道：

“你站着干吗？我跟你说，快去叫她。我捎来她的调令了！”

说着，把手中的那张纸挥动了几下。珊娜一惊，退后几步，心里直打鼓，便跑开了。这人她不认识，把她吓着了，便跑到厨房门口母亲的面前。

“谁啊？”

“妈，一个男人要找我穆妮兰姐姐。”

“他是谁？”

“我不认识，妈。说是给她捎调令来了。”

“调令？什么调令？”

珊娜不吭声了。只听她姐姐苏哈喊道：

“穆妮兰姐姐，穆妮兰姐姐！”

穆妮兰出现在门廊上。珊娜的母亲抬眼望着她，说：

“穆妮兰，不知道是谁来找你了，珊娜说，他给你捎调令来了呢！”

“调动？调令？梅蒂海，愿安拉也为你报喜，这肯定是学校的校工侯赛因。难为他了，从巴古拜赶来。妈，妈！”

珊娜仍然靠在墙上，心里有点儿不安，那个陌生人不知为什么让她觉得害怕。听到门廊上有动静，看见穆妮兰正悄悄朝楼梯走来。鸟雀在橄榄树的枝头跳来跃去，夜色正在降临。珊娜紧紧按住胸口心跳的那个地方。

穆妮兰笑容满面地走进了院子，向她伸出手来，轻轻道：

“来，珊娜，跟我一块儿去。”

珊娜回报了一个微笑，抓住她的手：

“好的，穆妮兰姐姐。”

于是，两人穿过了幽暗的过道。穆妮兰的手指柔软、凉爽，珊娜觉得心里踏实了些。走到大门口，两人站定，穆妮兰慢慢打开门，探头问道：

“谁啊？”

珊娜也想跟她一起去张望，却听那个粗笨、尖厉的声音道：

“我，是我，你还不知道？上你这儿，除了我还能是谁？”

穆妮兰突然猛地往后一缩，撞到珊娜身上，把她挤到了墙上。虽然两人的身体并未挨在一起，但珊娜感到她在发抖，听见她倒吸了一口气，轻声问：

“阿德……南……？”

这名字珊娜没听得很清楚。她俩靠在门后，一言不发。那人又道：

“你跑哪儿去啦，穆妮兰？干吗躲着我？你要让我发疯啊？”接着，又提高了嗓门儿：“啊，干吗呀？想甩了我？是吧！你要调巴格达来，要阿德南就去海边让自己消失吧！你是这么想的是吗？”

说罢，便使劲儿捶门。她俩的身子一震，挨在了一起。珊娜发现，自己夹在了墙壁和门板之间，双手冰冷，两腿发颤。她觉得，穆妮兰正拽着她缩在一个阴暗的角落里。她从未如此害怕过。门外开始在用脚猛踹了，珊娜断定，自己这下必死无疑。随着猛烈的敲击，那个男子嘶哑、断续的声音又响了起来：

“你摆脱不了我的，你甩不掉！这种事儿，十个我都能对付。你甩不掉，甩不掉，谁也甩不掉！”

这时，珊娜觉得穆妮兰开始防备，只见她转过身子，突然猛地一下推上了门。像爆炸似的，一声巨响，门便关严了。又见她插上门闩，用背抵住，弄得尘土四起。她俩都默然无语，抬眼看去，只见穆妮兰脸色苍白，像是一尊蜡像。胸脯起伏着，发出恰似临终前的那种喘息。只听那人又用颤抖的声音喊道：

“开门！”

珊娜缩在墙边，只觉得左眼旁汗珠流淌。那声音又一次绝望地轻轻响起：

“开门吧！看在安拉的分儿上，开吧，穆妮兰，看在安拉的分儿上……”

这轻轻的话语，也让珊娜觉得害怕。她缓缓抬起手来，抹去眼边和脸上的汗水。又见穆妮兰紧闭双目，脸色蜡黄，仿佛已经昏厥过去。珊娜鼓足勇气，抓住了她的手腕。那手，是多么冷啊，冰凉冰凉的！珊娜觉得，自己的手指碰到她时，她是在发抖。穆妮兰抽回手去，睁开两眼，望着高高的天空。天，闪着淡淡的蓝光，覆盖在通道的高墙上，没有一颗星星。此时此刻，家里人正在屋顶平台上摆开一张张床铺呢！

两人的身后，敲门声轻得已几乎听不见了。珊娜发现，脚下有一张纸，白白的，叠成几折。跟她一样，穆妮兰也在看着那张纸，她俩是同时看到的。两人对视了一下。轻轻的敲门声时断时续，伴随而来的是语意暧昧的悄声的言辞。

穆妮兰示意让珊娜捡起那张纸来，珊娜悄悄俯身拾起，交到她伸出的手中。珊娜从她的目光中看到了另一个举动的暗示，即走开，离去。珊娜微弯起腰，悄悄溜到了她的旁边，感到她已走在自己身后。回头望时，见她朝自己示意；只管走开，不要说话。门外还在响着怪异的敲击声，走到通道的中间，两人便加快了脚步。珊娜正要跑去打开通道那头的门，却被穆妮兰一把抓住。她两眼中流露出无言的疼爱，默默地将珊娜搂在怀里，轻吻着她的头发和额角。穆妮兰什么话也没说，但她的气味十分好闻，衣服和身子是那么柔软。

两人终于打开门走进了院子，一阵和风向珊娜扑面而来。她倚在近处的墙上，抹去脸和脖子上的汗水。而穆妮兰则离开了她，快步朝楼梯走去。珊娜感到又累又渴，那个疯子，让她觉得多可怕啊！她款款地走进了厨房，只见外婆努莉娅正坐在一张小板凳上静静地抽烟。外婆问：

“你怎么啦，珊娜？脸色怎么那么黄？”

珊娜没答话，局促不安地在她跟前站着。努莉娅从鼻孔和嘴中喷出烟来，又问：

“门外是谁啊？”

“我不知道，姥姥。”

“什么不知道？到底是谁？”

珊娜只觉得口干舌燥：“我渴着呢，姥姥。让我喝口水吧！”

“给我也来一杯。”

珊娜匆匆朝身旁的冰箱走去。冰水让她舒缓过来，又给外婆送去一杯。外婆正站在炉前煎鱼，嘴里还叼着烟。她把烟让珊娜拿着，这才喝了口水。珊娜接过空杯，将余下的一点儿水倒在手心里，用它湿润着自己的脸庞。她再不跟外婆说什么，朝楼梯跑去。登上楼梯，穿过门廊，跑向自己的房间。屋里空空的，一片黑暗，电视也关着。只听姑姥姥的房间里有人在叫她的名字，她们都在那儿呢！穆妮兰对她微微一笑，姑姥姥也展开了笑颜。太姥姥问：

“珊娜，咱们什么时候吃饭哪？瞧瞧你妈从平台上下来没！”

她还没回答，姑姥姥便大声道：“让她歇会儿吧，老太太！过来，珊娜宝贝儿，拿着这个瓶子，去灌满水。老太太，你渴吗？”

穆妮兰的母亲手里拿着烟，正注意地听穆妮兰在她耳边悄悄说些什么。接过姑姥姥递来的空瓶，珊娜慢腾腾地离开。却听见穆妮兰在说：

“不必再去巴古拜了……”

珊娜走出了房间。

沿着凯拉尼清真寺高高的院墙，珊娜在穆妮兰身边快步走着。温暖的晶光洒满了狭窄的人行道。珊娜不明白，为什么穆妮兰要走得这么快。今天早晨早饭前，她听见穆妮兰问自己的母亲：

“梅蒂海，我不知道能不能让珊娜陪我一块儿去那所新学校？他们说，那学校在海德尔哈纳区。你要她给你干什么吗？”

随后，她俩就匆匆换上衣服，离开了家。她太高兴了，苏哈要留在妈妈身边帮她干活儿了！

穿过马路，珊娜对穆妮兰道：“穆妮兰姐姐，我长大后，也想跟你一样！”

只见穆妮兰身披斗篷，轻盈甜美，笑容可掬的脸上架着副墨镜。穆妮兰没有答话，珊娜加快了步伐，以便赶上。

在凯拉尼大街和基法赫大街的交叉路口，两人拐向车站，迎着灼热的阳光，站进了候车的队列。此时，基法赫大街上车来人往，熙熙攘攘。珊娜一下没看清米德哈特，也没听见他招呼她们，倒是穆妮兰回答了他的问候，珊娜这才喊道：

“你好，舅舅！”

随后，两人便走出等车的人群，站到了米德哈特的身边。米德哈特抚摩着珊娜的头发，冲穆妮兰笑道：

“一大早的，忙什么？上商店？”

“不，上什么商店啊，我是去学校看看，还不知道它在哪儿呢！”

珊娜觉得，穆妮兰挺高兴。又听她道：

“我这就要来回跑了，怎么那么挤啊？”

“每天如此，你不知道？”

边说，边端详着穆妮兰的脸。

“我已经等了一刻钟了，开过去三辆车，全是满的。”

说着，朝街那边望去。突然，他抓住珊娜的胳膊，又招呼穆妮兰：

“来，这辆出租车里还有空座，快来！”

米德哈特领着她俩朝另一方向走去，并向正开过来的出租车招了招手。打开车的后门，珊娜迅速钻进去，坐在了窗边。随后穆妮兰和米德哈特也跟了进来。边上有两个人，快跑几步，上车坐在了前面的两个位置。

和风吹起，拂动着珊娜的头发，让她觉得很轻松。她快活地看着这条繁华街道的景色和许许多多大小汽车。已经有很长时间没这样散过心了，最近一次是在几个月前吧！那是在放暑假之前，跟母亲和姐姐一块儿出来买过节的新鞋。

米德哈特付了车钱，珊娜盯着穆妮兰的双眼，于是穆妮兰笑着对她道：

"珊娜，小心那扇车门。"

"哎，姐！"

说罢，又顾自去看景了。她要将看到的一切告诉妈妈、姑姥姥索菲娅和姐姐苏哈，她要把看到的一五一十地告诉她们。一辆大公共从他们旁边驶过，把一股强气流推到了她的脸上，珊娜害怕地缩回了身子。她觉得，米德哈特似乎已将手按在穆妮兰的手上，又听他问道：

"学校叫什么名字？"

"什么？"

"我是说，那所学校叫什么？"

"噢，巴特拉，巴特拉小学。"

米德哈特笑了：

"海德尔哈纳区哪儿有叫这个名字的学校啊！"

"是吗？"

米德哈特笑得更欢了，伸出手来，拍了拍穆妮兰那只已缩回斗篷下的手。说道：

"不，不，我不是这意思。不过……"他双手抱膝，又道，"非得每天这么早就出去吗？"

“噢，当然啰！要紧的是开始上班，安拉是慷慨大度的。”

珊娜道：

“穆妮兰姐姐，我也可以跟着你去上学吗？”

“怎么不行，珊娜宝贝儿，就怕你妈不高兴。可能她要你跟着她去上学。”

米德哈特问：“你很喜欢穆妮兰姐姐，是吗，珊娜？”

她惊奇地看着舅舅，随后点点头道：

“是的，舅舅！”

米德哈特侧目瞥着穆妮兰，又道：

“太好了，看来咱俩是一伙儿的。”

“是的，舅舅！”

“那咱俩联合起来，跟她要求？”

话是跟珊娜说的，可好像又不是。他将目光更多地转向了穆妮兰。

“你说好吗，珊娜？咱说定了？”

穆妮兰笑了，用手和斗篷捂住了脸。见舅舅满面笑容，一边又局促地看着车内的乘客，珊娜觉得很高兴。随后，她又去看那些飞速从眼前掠过的汽车、行人和店铺。她不知道什么时候到站，她希望永远别到站。

几分钟后，听见舅舅叫司机停车，微笑着告诉穆妮兰他已到达办公地点，并告诉她那所学校的大概方位及应在哪儿下车。说罢，轻轻告别，并关上了车门。穆妮兰坐在车里，注意地看着路标，脸上再无欢快的神情。车走不多远，听她对司机道：

“下车，劳驾，在这儿下车。”

穆妮兰冲珊娜一点头，珊娜立刻站起，两人下了车，站在人行道旁。到学校所在的地区，还得步行一小段路。两人穿过马路，默默地快步走着。不一会儿，便来到共和国街，眼前呈现出几幢倒塌的房子。穆妮兰问了一位路人，那人指了指马路的另一边。她搀着珊娜的手，说：

“来，珊娜，当心点儿！”

在一条狭窄的土路前，两人犹豫地站住了。走进小路，前面是个拐弯，随后便分成两条。珊娜第一次看到穆妮兰茫然的神色。一位老人走过，穆妮兰便羞涩地跟他打听那所学校。那人随意地指了道，两人这才又走去。见穆妮兰嘴边露出了美丽的笑容，珊娜的心里高兴极了。

第七章

其实，我本想集中思考一下，看看我的生命有何意义，死亡对我来说又意味着什么。可是，处在房间的黑暗中，躺着倾听从厨房里远远传来的嘈杂声，遥望敞开的门外显现的那一片漆黑的夜空，我感觉到的只有一样东西，那依然还是沮丧！

学会生活，对我来说仍然十分遥远，因为我无法战胜我所处的社会及其特定的条件。因此，我不能抗拒自己的这种感觉，只有等待，在一个遥远的角落里等待，而不被允许去学会生活。

还记得一个月前的一个晚上，我在大桥前站立着的那一瞬间。那时，我已病愈，午后去学院打听考试的消息。大楼里空荡荡的，门卫脸色苍白，这已让我觉得难受。而那艰难的考试日程，更把我逐出了这个世界。我站在离大桥不远处一家空无一人的咖啡店旁的马路上，遥望血红色的落日，恰似站在一片无垠的墓地里。一辆白色精美的汽车驶过，驾车的是一位姑娘。主啊！要拥有一幢房子、一辆汽车，还有一个女人，这一切有多么遥远！远若天涯坠落的星星。哦，路漫漫其修远啊！

这一切，我都与穆妮兰谈过，都曾向那双蜜色、忧郁的眼睛倾诉。她依然穿着绿色短袖长裙，坐在我床边聆听。她是在大家吃完饭后来我这儿的，那时，该上平台的都已上去了。我打开灯，坐在写字台前，准备在睡前利用一下时间。她来了，在床边坐下。绿色的长裙依然未盖住膝头。精心梳理的金黄色长发披于双肩，脸上略施脂粉，显得有点儿疲倦。我问：

“上哪儿去了？”

当时我跟她一样，也很疲倦，这在我的嗓音里表露无遗。她转目望了望屋子的各个角落，说道：

“去电影院了。你今儿考得怎样？”

“哪家影院？”

她绽开双唇，似笑非笑。两眼合上了一会儿，这才看着我道：

“不，说真的，你考得怎样？”

我将考前和考试时的一些想法都毫不在意地告诉了她，我其实是在与她一起倾听我的心声。她毫不认真地感受我向她如此倾诉的一切，她默默地盯着我看了一会儿，说：

“你干吗要这样想？我是说……凯里姆，你这么说是认真的？”

“为什么不呢？”

“不，我是说……我不知道是怎么回事儿，可是，这些跟你又有什么关系？我是说……即使你生活中遇到了这一切，也得把大学读完啊！安拉是仁慈的。”

“读完后，又怎样呢？”

她脸上浮现出不安的阴影：“这算什么话？拿文凭，谋职位，然后……就有可能……我是说，开始你自己的生活，安定下来啊，对不？”

“文凭、职位、安家……”

“你干吗不把这些当回事儿？你不该轻视这些，生活中除了这些再没别的了。”

我没料到，穆妮兰竟然如此重视。她抚摩着垂在左耳旁的那缕秀发，皱起双眉，用柔和的口气又道：

“你看啊，凯里姆，你一定得考好，我希望你考好！干吗要用那些话作践自己啊？你还年轻，前程远大，干吗要那样想啊？”

我想起一件事，便对她道：“听着，穆妮兰，你的话让我想起一件往事。一年多以前，在加加林飞上太空以后，我去凯拉尼大街对面的一位鞋匠那儿给我的皮鞋染色。那鞋匠是亚美尼亚人，脸有点儿变形，颌骨是歪的，眼珠是鼓的……”

那个美丽的姑娘认真地听我讲述，一条腿搁在了另一条腿上。

“鞋铺里就我一个顾客。我刚坐下，他就问：他们是真的上天了吗？我说：噢，都说是的。他冲我大喊起来：那耶稣基督呢？基督是真的有啊！我为之愕然。他那表情有些慌张，眼里闪着火花，脖子憋得通红。对他来说，那事儿似乎生死攸关呢！”

我笑了笑，又道：“咱们都瞧见了，是你刚才让我想起这件事的。我倒是也想要问问他，你这个沮丧的家伙，干吗去考虑这些，干吗要那样想啊？”

穆妮兰神采飞扬，激动地道：“不，不，我不是说的这个！”

“概括地说，这就是你的想法。我读了好些书，按我的心意去分析问题，而对这个世道毫不关心……”

穆妮兰竖起纤指，反驳道：“不，凯里姆，你不能这样！”

“别急，穆妮兰。首先，我并没读过许多书，实际上，读得很少。其次，这都是些什么念头……我自己也不知道。可能是自然而然的吧！因为当我感到有些完整的想法或者有某个要想达到的目的时，这些念头就时隐时现地出来了。多少受了点儿影响吧！就这样……”

只见穆妮兰目光暗淡下来，眼皮下显出些许鱼尾纹，她竖起一个指头，又一次辩驳道：

“你看啊，凯里姆，你没十分理解我的意思。我很尊重你的见解和想法，只是，我也要你关心自己的事情，把学业处理好。也就是说，你的前程也是很重要的。这和……和那种哲理并不矛盾，是吧？其实那些哲学家们对谁也不关心，不过是瞎折腾而已！”

“谁？他们折腾谁？”

对她这种新奇的想法我很在意。她笑道：

“当然是折腾咱们啰！要不他们干吗来注意咱们？干吗不让咱们过自己的日子？就像米德哈特说的，他们无所事事，只会唠叨。人家要过日子，可他们却把所有唠叨全都泼到大伙儿头上！”

我也笑了。只见穆妮兰脸色绯红，神采飞扬，目光炯炯。她所代表的，是一种甜蜜的生活。我摇摇头道：

“我不知道你说的是哪些哲学家，不过，有些人说的可不是废话。有些人理解生活，起码理解一部分生活，并对此著书立说。他们并不是来骚扰人的，可能是咱们打扰了人家。没人帮助，咱们常常无法生活下去。生活会在不知不觉中就把咱们给毁了，这我很清楚。连空气都能把我们点燃，我可是知道的，灼热的天气都能把我们置于死地！”

我本不想说这些，我本不想让自己的话语带上一种特殊的感情色彩。可突然，我心中充满了福阿德的形象，他的生活、他的爱情、他的向往和他的死……与其说我是在跟穆妮兰交谈，还不如说我是在自言自语。

穆妮兰答道：“对不起，凯里姆，我并没有什么特别的意思，我不过是嬉笑而已。你也准是累了，还得看书呢！我不知道这会儿几点了……”

说着，就要起身。我吃了一惊，打断道：

“穆妮兰，你上哪儿啊？还早呢！”

“几点啦？”

“这不打紧。跟我说说那部电影吧！你们去的是哪家影院？”

“总之，你是不想念书啊！”

“书是不会不念的。再说，今儿我刚考过，倒是我该去影院呢，而不是你们！特别是你，你好像连片名也不知道。”

穆妮兰惊讶地望着我，说：“我怎么不知道啊？可是，谁又让我去看明白了？一边是珊娜，她对片子里的大事小事都要先弄清楚；而米德哈特他又……求安拉保佑他，这个人，他又不让我去看个明白。不过，影院是新建的，很漂亮，叫胜利影院。至于那部片子吗……说真的，就像你说的那样，我从头至尾就没看懂。”

我们都笑了。

整幢房子都静悄悄的，大家全入睡了。穆妮兰在我面前欢笑着，和我一起欢笑，双颊浮现出些许红晕。只见她绿色的短袖口，胳膊的尽头处，酒色的肌肤十分光洁。加上她那雪白的牙齿和声音，此时此刻，令我忘却了死亡。我觉得，自己很关心她的一些事情，必须让她亲口告知。便问：

“学校的事怎么样了？”

“很好，很好。不过，要是住在这儿的话，离我远了些。”

“怎么这么说？你们还能住哪儿去？”

阴云又浮现于她的目光之中，她撇了撇嘴，稍停片刻，才道：

“你看啊，凯里姆，什么事情都是有限度的，我们不能总是这样……给你们添麻烦。”说着，抬手示意我别说话，“我知道，知道你要说什么。只是……话虽如此，我还是要给我哥穆斯塔法写封信，并等他的回信。我不能说我们，我和我妈，喜欢自个儿单住，我们的状况当然有些无助，你知道，是经济状况，还有些别的事儿……可是……”

她十分缓慢地沉下脑袋，变成了另一个模样。她伸出手来，用手掌捂住整个膝盖，头发几乎从脸颊一直垂落到面前。看来，一时间她已踏进了一个迷茫的天地之中。我能看到的，只有她的发缝、双眉、睫毛和鼻尖，就像有的人在看着一个跪在他脚下的女奴一样。她已完全沉浸于内心世界之中，把自己关进了内心深处。这让我想起几个月前的一个早晨我所看到的她那样子，当时，在淡淡的晨光里，她穿着蓝色的睡衣，站立着，全身心倾听，周围万籁俱寂。那时的她，就像现在这个样子，远离我们这岁月，生活只是在她身边流转，而她却已进入了一个包含了整个天地的个人境界之中。

我用缓慢的言辞，把她拉了回来："穆妮兰，你知道我朋友福阿德吗？"

像她的那张脸一样，目光也很呆滞。她并未回答，没听明白我说了些什么。我又轻声道：

"那是一个跟我非常要好的朋友，不久前，他死了。"

穆妮兰皱起眉头："死了？"又很快接着说，"噢，噢，我想起来了，你妈跟我讲过，说他是家里的独子，当时你……你跟他在一块儿……"

我打断道："这无关紧要，无关紧要。可你，穆妮兰……"

她湿润的两眼中那隐约的焦虑溢至脸上，流淌到嘴边。于是，她咬紧双唇，继续道：

"你为什么要跟我提起福阿德？"

她始终盯着我，不安的神情已转换为麻木，并略带着一丝无奈，又冷冷地问：

"难道我让你想起那个……死去的朋友了？"

说着，咽了口唾沫，睫毛闪动几下。见我点了点头，她便将目光避开，说道：

"凯里姆，跟我的身体一样，我的神经也不那么坚强，今天在电影院里就给我来了一个意外，你现在又……"

"对不起，穆妮兰。我只是想，一个人如果喜欢上某些人，虽说他们各不相同，但在他看来，却也是惊人的相似。这事儿没办法解释，你说呢？”

她用清澄、湿润的双眼望着我，说：

“你是说，在我的脸上……看到了死亡的阴影？”

她是在跟我说着玩，却把我吓坏了：

“不，不！你干吗不把我的话从另一方面看呢？”

她站起身来，这一站让我觉得有些突然，于是我也站起，追问道：

“啊？”

她抻着身上的衣服，从乳下、侧旁，直至腿上。两眼盯着地面，抻几下后，这才道：

“晚了，凯里姆。这种话题，是谈不完的。我今天有点儿累了！”

我赶忙问：“那么，改天？”

她笑了，笑得那么温存，那么善解人意。笑靥占满了她的容颜和心灵。她绽开双唇，弯曲的秀发围在鹅蛋形的脸庞四周。她那描着黛墨的蜜色眼睛里，闪出爱和欢乐的光芒。道过晚安，便悄然离去。

她的笑容在这空中留下的是一种震荡，或是一片苍穹，或是一道看不见的彩虹，留下了一种无以描绘、令我长时间沉醉的东西。我没睡，也没看书，而是在卧室的幽暗之中倒在床上，聆听着夜的声音。鸟雀已在干枯的枝头栖息，别无动静；厨房里传来隐约的吱吱声；远处几声狗吠；轻轻的脚步在随风移动……余下的，便只有我、我那听不见的心声和尚未报晓的黎明。

母亲坚持要为我端一杯咖啡到楼上来，她是站在厨房门口跟我说的。当时我正坐在客厅前的门廊上潜心读书，听见母亲和穆妮兰母亲在厨房聊天，但凭声音却没听清什么。秋日的天气十分晴朗，家里也没有能闹出点儿声响来的人。她俩的谈话像是沸水的咕嘟声，随后母亲便探出头来说是要为我送杯咖啡。我告诉她我可以下去。我并不急切想喝咖啡。黎明前，我睡了几个钟头，得到了充分的休息。可母亲坚持要送。她笑得很爽朗，白皙的脸庞流露出她很高兴这么做。问了问我昨夜睡得如何，又问起我的学习和身体，仿佛早饭时没有看见我似的！

随后，母亲便在我身边坐下。我觉得，在她开口前似乎沉默了好长时间。橄榄树静悄悄的，金色的阳光洒满了枝头，天空蓝极了。她开口前，没有丝毫异样的动静。家里的一切都悄然无声，万籁俱寂，连蓝天也十分宁静。她这才道：

“凯里姆宝贝儿，米德哈特向穆妮兰求婚了，昨天在电影院里跟她讲的。被珊娜那个鬼精灵听见，告诉了她母亲，梅蒂海就跟我说了。你看啊，我没介入，安拉做证，是从你姐那儿知道的。”

我发现，母亲的双眉略已染霜，眼角下也平添了些许皱纹。我依然很镇静，只是心却剧烈地跳动起来。母亲又道：

“穆妮兰还没给答复。她妈心里很乱，不知该怎么说……我不知道，穆妮兰昨天晚上跟你提起这事了吗？”

我摇了摇头。家里依然十分宁静，一片无所谓的样子。我摇了摇头，又低下了脑袋，对她说，我一无所知。可母亲似乎模模糊糊看透了缠绕着我的心思，解释道：

“凯里姆宝贝儿，你哥大学毕业后工作了，也有点儿钱。而你……我是说，天总不会塌吧？你们都还年轻，会子孙满堂的！”

她显得像是在替人受过似的。而我则在某种程度上觉得，自己原是个牺牲品，又需要再一次做出牺牲。我合上了书本，同时也闭上了自己关于未来的所有思路，只是凝视着母亲。远处的墙壁，将阳光从右侧反射进来，又被几根立柱纵向切割成几道。只见外婆出现在她们那房间的门口。我说道：

“妈，您是知道的，对我来说，穆妮兰很亲，我哥也一样，可他俩谁也没跟我说什么。我不知道您怎么会相信……会听信珊娜那个小丫头的话。”

“她小，可精着呢！家里有点儿动静，她都能听出来。不过，你说得也……得有个人去问问才是。”说着，两眼向远处望去，“可靠得上谁啊？米德哈特那几句话，掰着指头都数得过来。我不知道，也许，凯里姆你……我是说，也许，穆妮兰会跟你说，或者，你去问问她？”略一停顿，又道，“你姥姥来了，她这会儿又要干吗？”早饭也吃了，午饭还不到时候呢？”说着，便起身迎了上去。

我面前，书还在桌上，已然合拢，笔躺在那本书旁。我拿起笔，刚打开书，又见那杯咖啡还没动呢！昨晚，穆妮兰想跟我说什么吗？她可一点也没显出几小时前刚有人提过亲的女孩的样子啊！又提我的前程，又谈我的考试，我与她已被分隔开了，可她为何还如此关注这一切？

我想写些什么，在纸上写一个名字，随即又改变了想法。只觉得四周一片空白，心里些许不安。杂乱的思潮向我脑海涌来，不知何处才是它的尽头。今天早上，我还未见到她。面对着打开的书本和手中的笔，她那光洁的皮肤，胳臂上绿色的衣袖，衬着细嫩的肌肤，这一切又向我袭来。我又一次合上书，放下了笔。

第八章

一家人还全都睡着，除了梅蒂海，家里谁也不认为自己该受累跑下楼来。只有她，有这么个说不明白的毛病，活该侍候大家。似乎父亲的这个家接纳她，就有这个前提。虽说出嫁前，她年轻的时候也并不偷懒，可这时内心还是感到一种从未有过的痛楚。她原本也可以每天早晨在床上躺到九十点钟的，可这几天，若是日出之前尚未将水放到炉火上，她就会感到从未有过的惊慌。她知道为什么会如此，所以也不去多想原因。

听到水已经开了，她便吸进最后一口烟，然后扔掉烟头，双手抱膝。

甚至是穆妮兰,家里也全都把她当作客人,不让她干活。谁知道呢，也许，她若答应嫁给米德哈特，那便算是从大门进来的了，谁也再不会把她当一个贵客了。

至今她还未给出一个直截了当的答复，好像她对这事并不太在意，似乎她不明白大家都已经知道并正在等着呢! 是的，她很美，可侯赛因当时来提亲的时候，自己也很美，并不比她逊色啊。虽如此，他们却并未给自己考虑或提出看法的余地，仿佛来求婚的是个大人物似的!

他是两河银行的一位科长，经常连话都说不清楚。尽管自己并不反对出嫁，可家人的催促，那种急欲了结此事的想法，让她觉得家里把她看成了一个沉重的负担。

水开得更猛了，发出了惯常的咕嘟声。她吃力地站起，准备着茶和早点。与丈夫生活的最初几个年头也还不坏，是一个伊拉克家庭里那种习以为常的生活：干活儿、用餐、行房事、走亲戚。她是在去巴士拉的火车上流第一滴血的，雪白的床单上血的颜色让她特别害怕。在到达终点前那个疯子又干了一次，血流得更可怕了，她不知道自己怎么竟没有死过去！她不清楚自己被那人做了些什么，当时她才二十二岁，连做梦也没见过男人那东西。因此，尽管很痛、很怕、很厌恶、很害羞，但她依然相信，这一切全符合规矩，本该如此。唉，这地方的夫妻生活竟是这样开始的！

将奶罐放到炉火上时，听到身后传来一阵脚步声。尚未转身，便听见穆妮兰的声音：

“早上好，梅蒂海！”

她颇觉惊讶地转过身来，见穆妮兰还穿着睡衣：

“早上好！怎么就起来了，穆妮兰，准是吵着了吧？”

穆妮兰从冰箱里取出瓶水，喝了口，又放了回去：

“还真没有，梅蒂海。只是，我每天都跟自个儿说，明天该早起下楼帮你做早点了，可是……真对不起！”

她在白色的绣花睡袍外，又罩了件蓝色外衣。梅蒂海冲她一笑：

“那为什么？”

穆妮兰胸前敞得很开，右边的乳房有些暴露。梅蒂海接着道：

“忙着想干活儿减肥，还是打这会儿起就先练练手？”

“什么？练什么？干吗要练？”

穆妮兰没立即领会她的意思，这让梅蒂海感到有些困惑。见她眼圈未描黛墨，但那清澄的目光和乌黑的睫毛，仍然让她有一种特殊的美。梅蒂海又漫不经心地干起活儿来。

“练习干活儿啊，穆妮兰，学着干活儿。”

“是吗？”

“是啊。你以为呢！咱们除了干活儿，还有什么？”

梅蒂海并未觉察她有什么超常的智慧，反而感到她在躲着大家。她更喜欢跟表兄弟而不是跟自己厮混，她能和阿卜杜勒·凯里姆待上好几个钟头，与他谈笑，也能和米德哈特及小珊娜去东方之门逛街或看一部电影。总之，不能怪她，她就是爱与小伙子们聊天。

侧目望去，见穆妮兰正凝视着那棵橄榄树，梅蒂海道：

“穆妮兰，我说，关于那件事儿，你哥还没来信吗？”

“没，没！”

穆妮兰朝她及餐桌匆匆看了一眼，又向那棵橄榄树转过身去。

梅蒂海把茶搁在早点的旁边，走过去，抓住她的双手。她想说的，并没有什么特别的意思：

“我说，穆妮兰，这个米德哈特虽说是我弟弟，但我真是对他很了解的，他是个好人。我不知道怎样跟你发誓，跟了他，你会很愉快的！”

穆妮兰唇边微露笑意，但瞬间又见她眼中充满了苦涩和不安。她答道：

“我知道，梅蒂海，我知道。”

嗓音沙哑，仿佛已有好几日没开过口了。

“那么，穆妮兰，你怎么不给他一个答复呢？害得他不死不活的，就让他这样受罪？”

穆妮兰攥紧手指，又松了开来。她再次飞速瞥了梅蒂海一眼，又去凝望橄榄树。梅蒂海接着道：

“你可以自己掂量的，对于婚姻，我没法给别人什么忠告，只是……”梅蒂海觉得，自己的心一下被忧伤挤压得紧紧的，“我说，穆妮兰，没有一个人，尤其是现在，会像我这样了解婚姻和独立的价值。你可以开辟一个自己的天地，不会有人压在你的头上。不过……若是安拉不愿让一个人得到愉悦和幸福，那就难说了……”

穆妮兰转过身去，紧紧抓住她的两只胳膊，眼中流露出同情的目光，双唇微颤，说道：

“别责备你自个儿，梅蒂海，求你了。你是恶劣环境的一个牺牲品，这我很清楚。看在安拉分儿上，别折磨你自个儿。”

说着，迅速松开她的胳膊，转过身去。梅蒂海瞥见她眼中闪着泪光，又听她喃喃道：

“至于我，这会儿先别管我吧，求你了。叫他们都让我消停一会儿吧！我都干什么了？看在安拉分儿上，让我消停会儿吧！”

说着，便欲离去，但走了一两步又停住了，回身对她道：

“梅蒂海，你知道，我哥穆斯塔法的信一定会来的，你帮帮忙，让他们等我一下。”

她那张泪水流淌的美丽的脸上，蒙上了一层薄纱。

对她的如此反应，梅蒂海感到震惊，不知该如何表达自己的心情，不知如何去分担她似乎正经受的莫大困苦，只能眼巴巴地望着她沿西墙走去，身材消瘦，动作缓慢，头发披散，遮住了苍白的脸庞。穆妮兰今晨依然未能帮她准备早餐。这时，两个闺女和母亲在门廊里走动起来，吸引了她的视线。这才记起，自己到现在尚未更衣，而时间已经有些紧迫了。

梅蒂海站在依然点着的炉子旁，等待母亲开口。努莉娅坐在厨房门口的一张小凳上，静静地抽烟。不大工夫，两人一起洗净了杯碟。梅蒂海告诉母亲，今天早上学校的女仆贾希米娅来说，有个亲戚捎来口信，说是侯赛因病倒有十天了，情况很不好。自那以后，母亲就坐在板凳上一支接一支地抽烟。看来，她心里很乱、很烦。只听她低声道：

“什么情况很不好？伤风、感冒而已，谁都会感冒的。这会儿叫什么……流感？还是什么的？”

说着，看看梅蒂海，想弄个明白。梅蒂海没答话，她比母亲更觉烦恼。母亲接着道：

“随你便吧，梅蒂海。想去就去，愿安拉和你同在。带上闺女，去吧！我是不去了。不过，你认识他姨妈的家吗？听说在谢赫之门的对面、雅辛咖啡馆后面。”随之长叹一声，“要是因为感冒而没了命，咱们还能怎么说呢！”

天空布满乌云，阴沉沉的，很冷。自从那个女仆告诉她丈夫病了，梅蒂海越来越觉得难过。如果知道他一头栽倒在大街上死了，那对她来说倒没什么。可他还活着，但已患病，这唤起了她心中的某种感情，令她心动，一种强烈的爱怜搅动着她的心房。

以前，当他连续几夜在外厮混、酗酒，弄得抱着病体回到她身边时，她侍候着他，仿佛他是个失去双亲的孩子。后来，她更觉得帮他调理病体使自己颇感幸福。由于知道他身体很壮，所以对他并不真正担心。反倒很喜欢他躺在病床上，留在自己身边。在他身体康复的那些日子里，性欲旺盛得让她吃惊，使她有了一种遭强暴却又并无伤害的体验。再后来，那头野兽便又从笼子里逃走了。梅蒂海叹了口气，她不愿再回想跟丈夫一起生活行房事的每个细节，有些是极好的，余下的不过是一些毫无益处的模糊的感觉和令肢体麻木的雷同的画面。

母亲使她惊醒：“带点儿水果，早些去，日落前回来。你要……我是说，要我跟你们一起去吗？”

“不用了，妈。我去去就回。看看他怎么样了。带水果干吗？”

“没什么，梅蒂海，空着手去不好，就算是你和你闺女的一点儿意思吧！”

梅蒂海没有答话，径自向楼上走去。

她让两个闺女收拾收拾，以便随她同往。本来，她还有些犹豫，是否要带着她俩。转念又想，有她俩在，能缓和些难以忍受的尴尬局面。见镜中自己脸色苍白，布满皱纹，她又踌躇起来，自己是以何种身份去看他呢？

她当时坐在床上，侯赛因甚至没告诉她要离开的念头。有那么几个日夜未见踪影，随后便精疲力竭、身无分文地回来了。两人争吵起来，以致有整整一个星期谁也没理谁。他吃饭、抽烟、睡觉、闭门不出。梅蒂海不知他究竟发生了何事，是被开除了职务还是别的什么？自尊心不容她问丈夫要钱或与他和解。因为猜想他可能碰上了麻烦却不愿告诉自己，所以梅蒂海本想与他在银行的朋友取得联系，却又没有时间。

一天早晨，他走了，再也没回来。后来从科威特寄来一封信，说是在那儿的一家公司里打工，想给她们筹建一幢房子，信上没留地址。几个月后，又写来一封信，含糊其辞，口气冷冰冰的。她从中品出许多味道，知道自己必须习惯于他的远离，为自己和两个女儿安排没有他存在的另一种生活，于是，她搬到了父亲的家里。

梅蒂海站起来整整衣服，打量一下自己的模样。见头发中已有许多根银丝，便藏去若干又剪掉些许。此时此刻，她已不再想自己为何及为谁而这样做了。她换了上衣和鞋子后，披上斗篷，便出去了。灰暗的天色，并未使她扫兴。家里没什么人，这让她很高兴。想起手提包，便又返回屋内，取出包后，放入一些零碎用品和钱。再出来时，一阵凉风令她精神为之一爽，又突然看到长廊那头两个女儿正与米德哈特站在一起，等着她的到来。正踌躇间，见女儿攥着她舅舅的手，在冲她微笑。米德哈特大声道：

“请吧，梅蒂海。我认识侯赛因姨妈家，以前曾去过一次。我知道他不会无缘无故就不来找我的，肯定是病了，有两个礼拜没来我办公室了。”

说着，慢慢走去，梅蒂海便紧随其后。

弟弟愿陪她们一起去，使她多少安心了些。她隐约感到，自己去探望那个人，并没有很说得过去的实实在在的理由，只不过是出于怜惜而已！

他们买了些水果和别的东西，随后便穿过了凯拉尼清真寺。太阳尚未西沉，殷红的日光正给清真寺的尖塔和高高的钟楼印染上它的色彩。抵达雅辛咖啡馆后，便走向库尔德人居住区幽暗的巷口。

从泼在地上的水烟筒的水里蒸腾出浓烈的烟味，让他们觉得十分难闻。珊娜用手捂住了鼻子。他们未做许多交谈。梅蒂海本想问问米德哈特一些关于穆妮兰的事，一些多少与自己也有些关系的事，但见他和自己的两个女儿正谈得十分高兴，便欲言又止了。她本来也没有什么特定的原因要和米德哈特谈论此事，不过是怕那件事让他有些不太高兴罢了。

走进幽暗的巷口，便来到了另一个天地。巷子十分狭窄，路面又暗又脏。两边的墙挨得很近，几乎就要合拢，令这里的住户难见天日。到处都是孩子，每个角落里都响起他们的喧哗声。烹调的气味、黑暗、污浊，包围着这里的一切。

走了几步，梅蒂海便拉住两个女儿，转身问米德哈特：“快到了吗？”

他点点头：“不远了。”

他说着，指了指左手拐弯处。那里光线灰暗，墙壁又黑又脏，上面画满了道道和一些五颜六色的口号。她觉得自己走进了地下深处无人居住的洞穴之中。在这个阴郁的世界里，她将会看到些什么？

第九章

汽车疯狂地在那条蜿蜒的路上飞驰着，道路两旁，栽满了柑橘树。那时，穆妮兰与他坐在这车里。柑橘花的气息，充满了她的鼻腔与心灵，随同从收音机里传出的轻柔的爱情歌曲，她晃动着脑袋。他笑着跟她说话，她却并未听见。他喊叫起来，但她依然未曾听见。打开车窗，一股温暖的春风袭来，将她的秀发吹落到脸上。她沉醉于生活的气息之中，那气息给她送来的是带着花香的风。于是，她忘却了早晨在姐姐玫丽海家中那烦人的时刻：孩子们的喧闹，姐夫的愚蠢行为，及自己母亲的抱怨。

她没想到，能如此轻而易举地摆脱了这一切。她只是悄悄地在阿德南耳边诉说了一下自己的烦恼，并要求他带自己去位于迪亚利河边的姐夫的果园。

那天是周五，瓦蓝瓦蓝的天上，太阳在欢快地歌唱。就在此时，两人悄悄地溜出了家门。随后，他便驱车疯狂地穿过狭窄的一条条街道及迎面而来的人流，直至抵达巴古拜近郊。在这两旁一片碧绿的幽静的路上，听着歌唱，闻着柑橘花香，呼吸着空气中的芬芳。这一切，都令她心移神荡。她再听不见他在说些什么，仅报之以欢快的笑声，而他那里随之传来的，也是一片欢笑。

这是她来巴古拜后的又一年了。几年前，她曾来过一次，只待了几天，却在心中留下了充满柑橘花香的印象。哦，这下又回来了，已调来此地，要住下去了。

去年九月一个阴沉的夜晚，她和母亲迁来姐姐家中时，她并未想得很多。她隐约知道，会有许多麻烦，但却不愿劳神去细想会是些什么麻烦及会到何种程度。她与母亲和哥哥都认为，这是这个学年唯一的解决办法，也希望这是个临时措施。哥哥答应，要去跟基尔库克[①]一位有权势的熟人说说，走门路将她调回巴格达来。

阿德南关掉了收音机，见穆妮兰扭转头来望着他，这才大笑着又把收音机打开。不久前，他已满十七周岁，长得完全成熟了。有着高高的个子，浓密的胡子、头发和乌黑发亮的眼睛。他在家中很有些威严，父亲、母亲及兄弟姐妹都有点儿怕他。他还有些不很清晰的想法，要将一切都颠倒过来。正因为如此，穆妮兰对他有些偏爱，很高兴自己是他的小姨，还记得他童年和少年时的一些往事，能跟他很亲切、贴心地谈天说地。

阿德南抓住她那飘动的秀发，跟她嬉闹着。穆妮兰边笑边轻轻拧了一下他的手掌。树丛恰似永远不会中断的疯狂队列，从两旁冲过。她丝毫不觉惊怕，经过去巴格达做数次短暂游览，她已习惯了阿德南的驾车方式。听到巴格达哪家电影院放映某部新片的消息，他俩便会悄悄溜出这个家庭圈子，驱车似风般飞去，夜幕降临后方始归来。他俩并不把她姐姐和姐夫的一两句说教放在心上，姐姐和姐夫内心对阿德南是有些畏惧的。穆妮兰一直在寻思，这到底是何原因？莫非由于阿德南有些政党背景，还是因为事关他的前程，或者是因为他那毫无约束的暴戾性格？

汽车猛地一个转弯，把穆妮兰甩在了一边，她吓得尖叫起来，阿

① 基尔库克（Kirkuk），巴格达北部一重要城市。

德南却在哼唱着。在灿烂的阳光下，两人驰进了一条狭小的土路，车后扬起尘土，两人都在座位上弹跳起来。

刚来时，穆妮兰就注意到了他那暴躁的逆反性格。整个家庭为一方，他则为另一方。姐姐告诉她说，大概一两年前吧，阿德南刚上初二，便休学了。他并非没有能力继续学业，只是，自企图暗杀卡赛姆的事件发生后，他停了几天学，此后便再不想回学校了。他跟父亲一起在店里卖菜，时而驱车乱逛，时而上咖啡馆，时而去参加一些秘密会议，就这样打发时间。

姐姐还告诉她，阿德南有一把枪，藏在某个地方。若是情况需要，他可以弄来子弹。有一次，穆妮兰跟他讨论一些政治问题，却不能断定他的思想是否幼稚。这令穆妮兰颇为恼火，便使劲儿揪了一下他的头发。那确是闹着玩的，但她却不知道自己为什么要那样做。阿德南只是十分夸张地冲她一笑，自此两人便更要好了。

穆妮兰感到，阿德南很欣赏自己的美貌，很高兴陪她在巴古拜的大街小巷溜达，陪她去学校、市场、影院，或者去车站，看着火车在傍晚时向巴格达驰去。在家里，他对弟弟妹妹很凶，常常无缘无故地就责打他们。他瞧不起自己的母亲，也不承认父亲对自己有任何权威。长久以来，穆妮兰发现，他唯一关心的便是她。这让穆妮兰觉得很高兴，使她非常得意。她觉得，自己可以控制这个暴戾的家伙。

有时，当阿德南要打他的一个妹妹时，穆妮兰很高兴自己可以加以责备并进行制止。一次，他母亲求助于她，穆妮兰便从屋里跑下来，很快使劲儿地抓住了他的胳膊。于是，阿德南像一头张牙舞爪的猛兽似的涨红了脸，用火辣辣的目光望着她，而他的妹妹则趴在他的脚下哭泣。阿德南只是看了一眼她抓着自己胳膊的那只手，便无言地走开了。

后来，阿德南要她在那种情况下别过来。他咬着嘴唇说，有时不知自己会做出什么举动来，她只要远远地喊一声就够了。于是，穆妮兰又拽了拽他精心梳理的头发，阿德南便也跟她嬉闹起来，第一次扭弯了她的胳膊。穆妮兰感到，他的手粗壮、有力并且火热，这才啊呀一声叫了起来。两人还一起下厨房，为全家人煮茶。

这是在穆妮兰她们来到这里两三个月后的一天下午，阿德南将车停在路尽头的果园门口，便跳下车来。穆妮兰随之下车，并帮他关好车门，接着，两人跑进了果园。阳光灼热，空气却湿润、凉爽，那正是上午十一点刚过的时候。

穆妮兰走在前面，在一条土路上飞奔起来。她觉得，自己的身子格外轻盈，似乎可凌空翱翔。她轻轻触摸着随风摇曳的枝丫，整个身心都充满了阳光和活力。

当时，她并未感到与他相处有何尴尬不妥，心中只觉阿德南对她很亲切。而她对自己的心态,也依然处于懵懂之中。她并未多想些什么，也未对自己的处境有过考虑。任何举动，仿佛总是安全的。所以，对于两人身体的频频接触，或两人之间的格外亲热，或阿德南对她的过分青睐，穆妮兰并不觉得有什么特别的含义。这里面有亲戚血缘、习俗规矩、年龄差异、大小尊卑等许多禁忌呢！所以，她是安全的，毫未注意到他那双手，他那言语，他那目光后面所隐含的欲望。

穆妮兰毫无戒备地朝一片并不十分浓密的灌木丛跑去。那天，她穿的是随手拿到的一件浅蓝色上衣和一条又窄又短的灰色裙子，金黄色的发缕随意地披散在肩头。她跑着，跳着，又去跨越一条条狭窄的小溪，尽情呼吸着芬芳扑鼻的清新空气，随心把玩着枝头的绿叶。

阿德南默默地跟随着。她累了，便在一棵开满白色花朵的柑橘树下站住。阿德南脸色通红，乌发垂落在额头，手中夹着上衣，匆匆朝她跑来。他那样子,穆妮兰并未觉得有什么异常之处。她一边不断喘气，一边笑着。阿德南开玩笑似的把他的上衣向穆妮兰扔来，穆妮兰想闪开，却未能挡住。衣服蒙住了她的脸，随后，便感到他的两只胳膊搂住了自己。穆妮兰迅速地把那衣服从脸上拽下，却见他的脸已与自己的脸贴得很近，那烈日般灼热的气息，喷吐在她的脸上。穆妮兰喘息着，用疑问的目光凝视着他，并跟他玩闹，往他脸上吹了口气。当时，她心中的确什么也没想。

阿德南将她与自己的身子搂得更紧，穆妮兰叫了起来，又玩闹地朝他脸上吹了口气。就这样，两人紧搂着，久久地搂着。穆妮兰觉得，自己的胸脯紧压在他的胸上，她不断喘息，让自己的乳房与他贴得更紧。

到后来，她觉得自己身心的激情都已被挑逗起来，一点儿力气也没有了，便要他放开自己。希望他松开，别再让她受累。阿德南却用力将她搂紧，试图用自己两条粗壮的大腿把她的身子夹住。对这一切，穆妮兰起了疑心，踌躇地考虑起自己的真实处境。

阿德南想吻她，她把嘴闪开了。旋即又感到，他在自己身体的另一处有一个动作，足以表明他的本性与意图。穆妮兰有些吃惊，却并不害怕。她以为，自己只要再说一句话，便可以让他恢复理智了，随后，便想挣脱他的怀抱，切断那股在两人身上涌流的可怕的狂潮。她软弱无力地推着，带着一种让自己心中有些厌恶的念头想把他推开。两人贴得越紧，阿德南在她的小腹下挤动得越狠，她反抗得也越发厉害了。

她的四肢都在抽搐，疲乏的心从未有过地剧烈悸动着。侧目望见阿德南灼热的目光，张大的鼻孔，闻到他那滚烫的身子上散发出的汗味，她一时晕眩了。只是抓住他的双肩，反复试图挣脱。又觉得自己的身子被猛地一折，他的双唇便贴到了她嘴上。她浑身都在颤抖，颤抖。她喘息着吸了口气，使自己不致窒息。

当时，对身边发生的一切她完全是清醒的。这一幕幕飞快地从她脑海中闪过，令她惊吓得又猛烈颤抖起来。她喊叫起来，不记得喊了些什么。随后便在他的重压下摔倒在地。他本来就靠在她的身上，在不断紧搂时，绊倒了她的一只脚。她感到双腿已经裸露，觉得羞辱，这感觉胜过了倒地的疼痛。她是在被人当作一头遍体污秽的母兽似的戏弄了。她心里只有一个永难忘怀的强烈愿望，想大哭一场，为受制而哭泣，因悲愤、屈辱而哭泣。

阿德南正在撩起她的衣裳。她夹紧双腿，朝他那埋在自己脖子里的脑袋打了一拳。阿德南略一退缩，她便望见了那张疯狂的、要吞噬猎物的脸。阿德南扇了她一巴掌，又在她嘴边猛击一下，使她的整个身子瘫软了，只觉一阵晕眩，双腿随即分开。

有那么一两分钟，她清晰地、十分清晰地感到正在发生的一切。她绝望地处于悬崖的边缘，面临着终结。她的一生，已系于瞬间。这期间，她已赤身裸体，她还保有童贞，她的体内也有一种兽性的涡流。她终于屈服了。

接着便感到恐惧，一种迟到的恐惧，对一切的恐惧。怕那远处的阴影，怕臀下的热土，怕阳光，怕那把剖心裂肺的利刃，怕那一阵阵惊心的喘息，怕染红了颤抖躯体的鲜血。她喊叫着，喊叫着，喊叫着。为了能活下去而喊叫，为了不致疯狂而喊叫。迎面的阿德南惊呆了，喘着气，弯下腰，试图藏起那污染的羞处。穆妮兰没去看他，不再去看他。阿德南已经一下便永远从她的世界中消失了。她躺在被自己的鲜血浸透的土地上，含着绝望的目光，在春天的阳光下和碧绿的柑橘树丛中，喊叫着……

刚一遇见我那两位表兄弟，便感到他们已是成熟的青年，无须从对往事的回忆中再去追想两个傻乎乎的孩子了。我们都已长大，我们之间的关系自然也已变化。这一事实，我心知肚明。所以，对于那含有深意的目光，对于那些微笑和特殊的言辞，对于他明显流露的亲近，对于这一切，我已不愿再去分析。

我刚从病魔手中挣扎出来，它却又一次大摇大摆地逼近来了。我可以忍着暂时不做分析，但他的亲近，也到了有意无意的躯体接触的程度。每天早晨，我们一起去上班，或在这个大宅院里狭小的日常生活，都是如此。我本应做两件事情：清楚地告诉自己正在发生的事情，并做出一个决断，但我却什么也没做。我心中那足以压倒一切的晦涩的忐忑，把因他陪我去学校所感到的欣喜迅速消除得无影无踪。我在某种程度上是无可奈何的，本来就不愿再做些什么。在这个地方，我不就是个永远命系于死亡与淫荡两个深渊之间的女子吗？

随后，他便揭开了我俩的面纱，突然将我赤裸裸地置于明镜之前。

那是在出租车里开始的，当时，我们匆匆地挤在了司机的身边。他说，他已答应珊娜今天下午带她去影院。那是一个秋高气爽的早晨，他第一次在我耳边窃窃私语。我未作答，只是迟疑地一笑。于是，他便将手臂从我椅后揽来，仿佛是要不让我摔倒似的。他的手指抚摩着我的右肩，大腿紧贴着我的左膝。我闻到了他口中常用牙膏的香味，他的悄悄话语轻轻地触摸着我的耳膜。我只得转过头去，一下便明白了这件事与我的联系，却依然在迟疑地微笑着。

他说，没有我珊娜就不愿去了。所以，这件事眼下就取决于我。我觉得这种神秘兮兮地邀人家一起外出，也没什么大不了的。我并未想立即回绝。首先，我本来就想要出去散散心；再说，当时也来不及找到合适的拒绝方式。尤其是我尚未意识到，两人摩肩接踵，应邀同上影院及姨父、姨母和表姐梅蒂海浮现的笑容这三者之间有什么隐约的联系。

可在幽暗的电影院里，当他侧过身来，问我对他朋友的事有何看法时，我这才明白，我本应拒绝他这一邀请的！

他说，那位朋友想表明欲娶女友的愿望，却犹豫不决，不知是跟她家人说，还是跟她本人谈好？

我吓得血色全无了。主啊，如此温柔的窃窃私语，却让我受到了多大的惊吓啊！我只是心惊胆战地望着远处银幕上那些闪动的色彩，觉得他正盯着我，许是在等我回答吧！可我又能如何回答呢？

包厢里，珊娜坐在前面，已完全投入到影片的对白之中。我装作与她说话，她只匆匆答了声，便又不再他顾了。我觉得他将椅子挪近过来，再次催问着。我再也无法回避他那看来似乎清白无辜的问题了，只得答道：在这类事上，怎会以为我能有正确的意见呢？

“你很聪明，庄重，有文化，会有不同一般的观点啊！”

我舔了一下嘴唇，对他道，你那位朋友，最好还是遵循习俗，向她的家人求婚。说罢，又后悔不已。我自己也许尚能将他摆脱，可牵上我母亲和哥哥，那是想都无法想的啊！

我又迅速对他道，如果那姑娘见多识广，思想新潮，见过世面，那也可去找她本人，等她的回话，了解她的意愿。

我是半侧过身子，从干枯的嘴边，用他那样的细声说出这番话来的。我的心无法平静，依然在急剧地跳动，依然感到万分惊恐。感谢安拉，这一切，是发生在这样一个光线如此幽暗并不断闪烁的地方！

接着，只见他悄悄挪动，感到他的手抓住了我搁在椅把上的胳膊。一时间，我惶惑万分。我不仅尴尬不安，而且惊慌失措。现在，我该怎么办？像别的女孩那样，装作没感觉？佯装有疑问？还是转过身去，或抽回胳膊？却听他又轻声问，莫非，总地来说，你反对婚姻？

我有些吃惊，于是朝他转过了身子。我觉得，他长得很帅气，眼睛和头发都在闪光，嘴边浮现诱人的微笑。让我觉得惊讶的是，这么个优雅的年轻人，竟然会与我亲近，并如此温柔地来和我交谈！他那脸上，容光焕发，神采奕奕。

我没回答，又转回身来。他轻轻按着我的胳膊，我悄声道，这事与我无关……

“为什么？”

如此话来语去，我终于稍稍平静下来，不再立即作答，而是盯着银幕。我可以感觉到他那只手的按压及他向我投来的目光。

在看完电影前，我们又少许交谈了几句，随后便与众人一起退场了。只要有机会，他便抓着我的手，我竭力想避开这种接触，它令我心有疑惧，神经紧张。虽说两个多月来，他常常这样，但我依然还不习惯这种接触。

他想打车回家，我没同意，可他却坚持要打，于是我们搭上了一辆停着的车子。抵达家门前那条幽暗的街道路口时，这才下了车。珊娜迈着飞快的碎步冲在前面。路很暗，两旁的墙似乎都在摇摆。突然，他用镇定的声音道：

“你会给我答复吗？穆妮兰。”

他盯着我，走得很慢。我的心跳一下便加剧了。

“什么答复？”

“难道你不明白我在电影院里说的那些话？”

我呼吸局促，渗透着惊惧：“对不起，不明白。”

“这会儿……还不明白？”

“米德哈特，你这是……什么意思？”

“就是说，你能……答应……嫁给我吗？”

最后这几个字，他说得有点儿结巴。

我的心在胸中跳动，跳到了嘴边，跳到了脚尖，只觉得头脑的哪个地方被扎了一下。我把裹着半张脸的斗篷撩开了些，见我们离家已只有几米，珊娜正站在门口暗淡的灯光下等着我们，但却显得那么遥远，仿佛远在天边。主啊！要是没让她先走几步，米德哈特就无法说这番话了。

我像一具木乃伊似的默默走着，踉跄了两下，才走到门前。三人悄悄进门，只见大家都在家里望眼欲穿地等待，仿佛我们外出了许多年似的。我看见，米德哈特当着他母亲的面笑容可掬地问我是否饿了。我回答说不饿，身子却在发颤，只想躺倒在床上去。母亲问我为什么晚了，我也没回答。

珊娜从我身边走开了，我想上空无一人的屋顶平台去，去那儿久久地凝望长空，使自己迷失于苍穹之中，让自己投身于这片蔚蓝闪光的海洋，令自己消失，暂且遗忘。

就这样，在一个秋日的下午，我拾着布满尘土、摇摇晃晃的梯级，走上了平台。在此之前，我看见凯里姆从他卧室出来，不时扶一扶栏杆，慢慢朝楼梯口走去。他毫无声息地打开楼梯间的那扇门，随后便走了上去。那时，天已有一丝凉意，于是我随手拿了条头巾，跟他上了平台。

一开始，他没看见我。天瓦蓝清澄，行将西沉的红日光芒四溢。我站住平息着自己的呼吸，这五光十色的景象让我看得眼花缭乱。

凯里姆背靠平台围墙，落日的余晖笼罩在他头上。平台四处，排放着一张张闲置的木头条凳，恰似棺椁。

见他向我转过身来，我便走过去。我发现，他在我面前有些局促不安，慌忙扣上衣纽，盯着我，用舌头舔了舔嘴唇。这样子让我有些不悦。我平静地跟他问好，并问他，补考没及格的事儿怎么不告诉我？他的脸色木然，这是我从未见过的，令我心惊。他转过身去，说：

“对不起，我不知道，这……这不是什么要紧的事儿。”

他很瘦，弓着背，两手揣在裤兜里，毫无目的地溜达着，走到了另一堵围墙旁，很有些焦躁的样子。我觉得，自己跟他谈话的时机没找好，便道：

“这种情况，要不要紧都不是那么绝对的。再说，你明年还可以赶上去。”

他没回答，只是哼了声，露出一丝嘲讽的笑容。他用脚踢着块小石子，并不看我，只是抬眼朝日落的地方望去，高高的鼻梁，突现在他那张布满忧伤与悲情的脸上。那儿，骄阳已经西沉。关于他可以赶上去的话，我还想再说几句，他却打断道：

“穆妮兰，请别安慰我了，尤其是你。考试前，你跟我说了很多很多。你的那些话，我都记得……可我觉得，那是多余的。因为，我从没想过我会留级，这出乎我的意外。”

他站在一旁，用鞋尖挖着地上的土。

“他们干吗要来安慰我呢？没必要！就这样了，我明白这事儿的重要性，我不在乎，还能怎么样啊？”

“什么还能怎么样啊，凯里姆？你这会儿是怎么想的？”

“我什么也不想，你还要让我想什么？我失败了，就必须承担这后果。咱们这儿，人们随时都在逃避自己行为的后果，为什么？我愿意承担，反正我完了！”

“什么完了？”这话让我一惊，接着道，“凯里姆，我看你的想法也是矛盾的，一个月前，你认为考试是小事儿一桩，没想得很多，不很重视。这会儿，你又觉得留级仿佛是被判了无期徒刑似的，干吗要这样啊？再说，你愿意承担后果，也并不意味着你这就完了啊！干吗要说完了？这不是矛盾吗？一个人如果愿承担不好的后果，难道不是要去克服它、继续前进吗？是不是啊？”

他依然用鞋尖挖着土坑，随后又把土抹平。接着用断断续续的声音轻轻道：

“我不知道……我不知道……只是，一切肯定都完了，咱们干吗不承认呢？”

“凯里姆，你是指什么？我不明白你这话的意思！”

他转过身来，突然抬起了眼睛。

“对不起，穆妮兰，我这话并不费解，只是……”

他的声音生硬、锐利，与满脸悲伤并不相称。

“我是一个失败者，一个无用的人，一个弱者，没有任何能力。我不能跟你说我会好起来，相反，我是在一天天退步。是的，就这样，我这个人完了，没什么用了！”

“你干吗要这么说，凯里姆？”

“对不起，穆妮兰，我不明白你为什么要这么问。你很清楚我为什么要这么说，你很清楚。不过，我还是要跟你说，我不仅是个失败的人，生活中也很不走运，还很绝望。我是失败了，这不仅是因为我没能力，而且，还因为……还因为，我对这世道，不信任，不关心……”

他举起手，似乎不让我讲话。

“不，不，求你了，穆妮兰，只有你，是我生活中唯一的例外，是你……”

他沉默了，把目光闪开，轻轻道：

“你是什么人？我能要你什么？一个愚蠢的失败者，能爱你吗？”

他的轻声细语，淹没在黑暗之中。我站在他对面倾听，浑身发抖，像是风中的一片树叶。

“我为什么会爱上你，穆妮兰？你为什么离我这么远？太远了，安拉啊，太远了！”

他把脸埋在双手之中，在与一个看不见的幻影轻声细语。他虚弱的声音中那梦一般的音律令我惊悸，这时，我已无法在他的遐思面前放弃自己的心愿了。我战战兢兢，咬紧唇舌，朝他伸出手去。我首先想抚摩他，去感受他生命的炙热，随后想触摸他的心房，在他的心中抚摩我自己的形象。但我的手还是没有触及他，并未伸到他的身上。

我的动作使他一惊，他仿佛从沉睡中苏醒，骇然地盯着我的双手，坐着的身子朝后一仰。随后，他皱起眉头，脸色略变，下唇与下颌都耷拉下来。接着，两眼中原有的某种东西完全消失了，那曾是一片光明，一幅蜃景，一个太阳。他舒了口气，匆匆站起，脚碰在了床沿上。于是，我垂下了双手。

他心神不定地走着，从一片阴影处走向另一个，离我越来越远。沿着光秃秃的土坯围墙，拖着双脚，让自己后撤。随后，支着围墙站定下来，两眼盯着地面，仿佛在那上面丢失了什么，仿佛是失落了希望，或生命的意义。

我讶然了。曾有过一刹那，我以为他会来拉住我的双手。是他，仿佛对一切均已了然；是他，又布起了许多谜团；可他……

我站起身来，还存有一丝他坦露心迹后在我心中产生的幸福感。我忐忑不安、犹豫不决。我想下楼回房，但却朝他走去。我脑中一片空白，只担心一切均将就此完结。

还未到他身边，却见他并不转过身来，依然那样痛苦地站着，盯着土地，对我说道：

"我很抱歉，穆妮兰，别信我刚说的那些话，我没有那种意思，一点儿也没有！"

我在原地僵住了，本应是由我来说点儿什么，以表达他这话的含义的。

"你干吗要抱歉，凯里姆？莫非后悔刚才……"

"穆妮兰，你不用欺骗自己，不用。我这个人完了，全完了，没有用了！"

"为什么？为什么？凯里姆，这是为什么？"

一时间，他一动不动，凝滞着，像是一块顽石，令我觉得他已没有了生命。随后，才缓缓转过身来，仍然倚着围墙，满脸泪水，说道：

"别，穆妮兰，别！求你了，别跟我这么说。我完了，我是个懦夫。若不是因为我对一切都已绝望，我是不敢倾吐我的……我的爱的……"

他匆匆伸手擦脸，又道："穆妮兰，我不能介入你的生活，我不能……”

听他这么说，我突然觉得似乎有一阵号啕堵在了我的胸口和喉头。我大声喊着，打断了他的话：

“为什么？为什么你不能？为什么咱们不能？”

他大叫着：“我不能，我跟你说了，不能……”

随后，又擦了一下脸，用手掌使劲儿拍打着土墙：“你不属于我，不属于我。你很清楚，你不属于我。他们都在等着你的答复呢，他们全都在等着。他们要把你从我身边夺走，他们全都一样，全都知道你不是我的。他们要把你夺走，要迎娶你，要让你嫁过来。他们要把你夺走，从我身边夺走……”

我痛哭失声，却没有一点儿泪水。从我胸中发出从未有过的时断时续的抽搐的声音，急促的喘息，几乎令我窒息。随后，颤抖的双唇间冲出了一串话语：

“凯里姆，我有病，是个病残的人，不能出嫁，不能结婚，不能……而且他们，都是我的亲人……”

我停住了，再也无法控制自己。于是，用双手捂着脸，迈着茫然的步子躲开去，退到了一张床边。我的悲泣，只是这痛苦、悲伤的几个月里泪水的延续。我为毫无缘由地错失此种生涯而悲泣，我为见到那张黯然神伤、布满泪水的脸向我关闭最后一扇大门而悲泣。我倒在床板上，强打精神，在口袋里寻找着手帕。再不愿说什么，也不想听他说。只觉得，自己已所剩无几，与这个世界，与其他人已无任何联系。这便是我在生与死之间的一种毫不虚假的单纯的选择。

因此，当凯里姆回身，悄悄站在我跟前，向我探问那些令我不知所云的事时，我不再作答，我已把自己的世界紧紧关闭。我并非无视他，因为事实上他是对的。我只是在某种程度上远离了他，远离了几分钟前所发生的一切。

他探问着我的病情，为何会得病，是否真的病了，是否……是否……？我不回答，只是蜷缩在床上，沉浸在心路之中，沉浸在所发生的一切之中。

随后，我艰难地站起身来，想要离去。他抓住了我的手臂。他的指头冰冷，在抽动着。我朝他望了一眼，没问他想干什么。在我眼里，他似乎已不是个真实的有形的存在。我已陷入茫然之中，见他在说话，却不知他在说些什么。

当恐惧尚未变得久长时，是可以将它从自己的心中连根拔起、彻底铲除的。我发现，根除的行动，或任何其他行动的开始，都需建立在恐惧的缘由并不存在的假设之上，根据这一假设，来设想可做的一切。

就这样，我从脑海中抹掉了过去经历中的几个小时，将它置于括号和圆圈之中，随后便开始考虑自己今后的生活。我并未发现有很大的变化，绝望与挑战并存。总之，在一个人的生涯中，是不宜忘却与他人相处的。相处中，有索取，也有给予，并无处境之别；相处中，有融洽，也有纠纷，并无间隔界限；相处，是一座座此往彼返，随后此返彼往的渡桥……于此一切之中，我又何别于他人？

我给在基尔库克的哥哥穆斯塔法写了一封信，对他们向我提出的婚事征求他的意见。我清楚地知道他会怎样回答，确信回信不会姗姗来迟。

第十章

两人紧挨破旧的墙边小心翼翼地走着，躲开马路上的泥泞和水滩。姐姐苏哈走在前面，大声道：

“苏海兰老师今儿用尺子打了阿伊妲十下，她站在那儿哭啊，哭得可凶了！”

“她干吗每天都惹事啊？干吗总胡闹啊？”

“珊娜，你可太傻了。她只是胡闹吗？她是不会解算术题。这个阿伊妲呀，对算术一窍不通，整个一傻丫头！”

“你才傻呢！”

“闭嘴，有你什么事？”

“你闭嘴！”

“你！”

“我发誓，要不是姥爷病着，我就去告诉他，苏哈欺负我。”

“撒谎！你傻！”

“你傻！”

苏哈不再说话，蹦蹦跳跳地穿过马路，开始在路那边走着。阳光炙人，天色碧蓝清澄，时而吹来阵阵凉爽的轻风。只听苏哈说道：

“珊娜，你知道吗，我在兜里找到一块酸甜的奶糖，是米德哈特舅舅结婚那天留下来的，我乐坏了，多好吃啊！”

珊娜看着她：“你把它都吃了？”

“就一块，落在我兜里了，真好吃！”

珊娜难过极了：“一块酸奶糖？”

“嗯，我跟你说了，就一块，我已经吃了。”

那天晚上，她们跳舞、嬉耍得多欢啊！歌声不断，食物丰盛，还来了许多大人小孩。第二天，她到中午才醒来，还是妈妈把她叫醒的。那天是星期五，只见家里所有的人都愁眉苦脸的，都在为一件莫名其妙的事情而困惑。她问，也没人回答。她再也没看见米德哈特舅舅，也没办法去接近穆妮兰姐姐那个美丽的新娘。她是多么喜爱穆妮兰姐姐啊！

见苏哈走在自己前面，已离得很远，珊娜勉强加快步子紧跟着。上午下课后，她已经饿了，可让她弄不明白的是，自己不像往常，一点儿都不想吃，可能根本就吃不下。也许她最好还是跟妈妈和外婆那样，封斋算了。外公封了一个星期的斋就病倒了。外婆说，他每年都先是封一个星期的斋，然后就病倒。她多不愿意看着外公卧病在床啊！像只小猫似的，缩成一团，不断哼哼。每次陪妈妈去给他送饭送药时，听到他哼哼，她都非常难受。

“你怎么回事啊，珊娜？踩着烂泥啦，傻丫头！当心点儿！”

姐姐这一叫，把她给吓着了。她那小白鞋的边沿已经沾上了几点黑黑的泥巴。她把脚伸到另一边，在地上使劲儿跺了几下，然后连头也不抬，继续走去。她觉得心中萦绕着一层黑黑的薄雾，这几天始终没有散去。在课堂上，有许多她听不懂。好在学期考试已经顺利通过，这几天再没有别的考试科目了。

走到家门前那条路口，姐姐跑了起来。珊娜一直盯着她那跳动的衣裙和头发。姐姐刚才那一声尖叫，真把她给吓着了，得去告诉妈妈！

别了，这下妈妈就该问起她鞋的事儿了。对，她去告诉外婆、太外婆和姑婆。还得告诉穆妮兰，她可是自己的一位美丽的朋友啊！她要去找穆妮兰姐姐，去轻轻敲那扇关着的门，就像她曾经关照过自己的那样，先打个招呼，然后就进去告诉她，苏哈那个傻丫头，突然尖叫了一声，把她给吓着了。

珊娜穿过虚掩着的两扇门，在长廊中加快了步子。她觉得自己可能是病了，不想吃，课听不进去，也走不快，跑不动。她得把这事告诉妈妈。打开中门，只见外婆正站在厨房门前。

“您好，姥姥！”

“来，珊娜宝贝儿，快跑去买十张大饼来。你姐苏哈那该死的丫头，谁的话也不听。来，宝贝儿，这是钱。那几位老人家待会儿就张口要吃的了！”

“哎，姥姥！”

珊娜把书放在厨房门边的一张小凳上，从外婆手中接过钱。出去前，略一犹豫，要不要告诉外婆，自己很累，跑不动？可是，谁去给大伙儿买饼呢？还是回来后再把一切都告诉她吧。

她再次穿过潮湿的走廊，以便一路跑向凯拉尼大街的那家面包房。外婆疼爱她更胜过爱苏哈，常给她许多糖果吃。不过，外婆也总让她干活儿，就像让她妈妈干活儿一样。没关系，只是大伙儿也得知道苏哈是怎样对她耍蛮的，是怎样时不时冲她大喊大嚷，让她总受惊吓的。这个疯丫头，她一说话就扯高了嗓门。她怎么就不能像别人那样来跟自己说话呢？怎么就不能像别人，特别是穆妮兰姐姐那样温柔、平静、大度地说话呢？

前天，她进穆妮兰的房间时，把茶杯和茶盘全打碎了。穆妮兰吓了一跳，从床上蹦了起来。可一看到她，穆妮兰就平静下来，把她搂在怀里，亲吻着，再没说什么。后来，她们两人就把那些碎片藏起来了。

穆妮兰姐姐的气味多好闻啊，她的胳膊多柔软啊！再后来穆妮兰姐姐就告诉她，以后进屋要先敲门，并等着人家答应。她于是道了声对不起，并说，其实老师早就嘱咐过要那样做，只是自己忘了。本来她是想悄悄告诉穆妮兰一件重要的事情的，可砸了这该死的茶杯，就不知说什么了。

凯拉尼大街上黑黑的，没有行人，只有汽车在飞奔。突然，珊娜看见阿卜杜勒·凯里姆舅舅就在前面，刚从一条路的拐角处慢慢走出来。两人相视一笑。

“上哪儿啊，珊娜？”

“买饼去，舅舅。姥姥给了我钱，让买大饼，十张。”

“好孩子，走吧！”

舅舅亲切地搀着她的手，两人一起朝面包房走去。舅舅那么亲切，让她很高兴。她感激地望着舅舅，小手指紧攥着他的掌心。她觉得舅舅闷闷不乐，脸色苍白，步履沉重。自己想拿着饼，可他却不让。到家前，她转身问道：

“舅舅，您封斋吗？”

“没有。”

她推开两扇门，又问：“舅舅，我米德哈特舅舅呢？”

关上门，舅舅默默地在前面走着，她跟了上去：“舅舅，我米德哈特舅舅呢？”

快到走廊尽头时，凯里姆把饼递给珊娜，推开中门，示意让她进去。珊娜难过地朝他看了一会儿，便走向厨房，将饼放好。厨房里空无一人，却很暖和，充满了饭菜的香味。

她本不愿去打扰凯里姆舅舅，但她相信，只有凯里姆舅舅也许才会回答她的问题。可他却保持沉默，让珊娜挺难受。她去拿书本，却发现书已被抛落在地上。她弯腰去捡拾，并无丝毫怨言。只是凯里姆舅舅为何什么都不告诉她呢?

耳边听见母亲在喊着:“珊娜,珊娜!”

“哎,妈。”

“你上哪儿去了?”

母亲站在房前的门廊上望着她。

“我去买大饼了,妈!”

又听外婆在院子里的什么地方大声道:

“是我让她去的,梅蒂海,我让她去的。”

索菲娅姑婆的声音传来:

“热大饼?看在安拉面上,给来一块吧!心里空得慌,我们都快要饿死了!”

外婆端看几个盘子、一口锅什么的从底层近处的一间屋里出来。珊娜看见,凯里姆舅舅正要上楼,便被外婆叫住了,并跟他说着些什么。珊娜依然待在温暖的厨房门口,耷拉双手,望着他们两人在太阳下认真地悄声交谈。她知道,他俩是在谈一些她不该听的重大的事情。她还太小,还轮不到她说什么、听什么。连她所喜欢的那些大人,她也不该找他们去问。

她觉得身体很虚,两腿酸软,这趟去买大饼,真把她累着了。听见母亲在喊:

“妈,妈,该准备午饭了,楼上都要闹翻天了!”

母亲站在房前的门廊上,珊娜发现,当母亲看见外婆在和舅舅说话,便不作声了,而是匆匆向楼梯口跑去。她准是要赶来参与他俩的谈话。珊娜也朝楼梯走去,她把书夹在腋下,慢腾腾地走着,她低头看地,仿佛是在数着砖块。也许他们的谈话中能有一两个字漏进她耳里。她能听见母亲下楼的脚步声,希望自己比她先赶到那两人的身边。

她发现自己的身影已挨近那两人站立的地方，并听见凯里姆舅舅说："没有……"

这时，母亲的声音响了起来："去，珊娜，上楼前先去洗洗手！"

见母亲正用严厉的目光盯着她，吓得她退后了两步：

"哦，妈，我忘了，我这就去洗。"

珊娜又向回跑去，跑到厨房旁的洗手间里，小心地把书放在墙边的地下。她的心扑通扑通地跳着，胸中似有泪水在翻滚。家里她最小，也只有她在受着这份累，而没有一个人在乎她。水很冷，可她不觉得，只是搓动双手，望着水珠从她指间流过，手确实脏得几乎发黑了。听见走廊里有脚步声，她依然洗着手，力图搓出更多棕色的泡沫来。

那个该死的苏哈，她洗手了吗？他们就这么着让她过去了，谁也不曾拦住她。午饭前，她已经吃了块酸奶糖，他们都由着她，谁也不问问她洗了那双脏手没有？而且还……

突然，挨近厨房的那扇中门打开了，穆妮兰探出身子，推开门，走了进来。珊娜吃了一惊，只见穆妮兰那双蜜色的眼睛充满了忧伤。珊娜喊道："你好，穆妮兰姐姐！"

穆妮兰从肩上摘下斗篷，敏感地望着在那儿说话的那堆人。

"你好，珊娜，干什么呢？"

"我妈让我洗手呢，姐！我和苏哈刚放学回来，我又去买了大饼，是和凯里姆舅舅一块儿回来的。"

穆妮兰依然不安地朝楼梯那边张望着，珊娜正想转过身来，却被外婆的声音挡住了：

"你好，穆妮兰宝贝儿！今儿怎么回来得早了？"

"噢，妈，今儿是礼拜四嘛！我能在厨房里帮您吗？"

珊娜看见自己的母亲也悄悄进了厨房，并朝一个幽暗的角落走去，又听外婆答道：

“不用了，宝贝儿。没什么事儿，不过是要把那几个老太太的嘴塞满而已。”

“妈，凯里姆回来了？”

“嗯。”

“他……有消息吗？”

珊娜不再洗手了，竖起耳朵，屏声静息地注意听着。自己能不被发现，躲在近处的一个地方，那有多好！

外婆摇摇头，说：“没什么消息。安拉是仁慈的！他今儿去了……”

随后，看着珊娜，说道：“去，珊娜，去看看你姥爷这会儿想不想吃饭！”

珊娜求助似的悄悄望了穆妮兰一眼，穆妮兰只是伸出手来，在她的头上轻轻地拍了几下。于是，她答应道：“哎，姥姥！”

她尽可能缓慢地走去，听见外婆说道：

“他今儿去他哥办公室了，没人。人家告诉他，米德哈特请假了。”

珊娜小心翼翼地爬上黑黑的楼梯。他们是不会让她闲着的，见了外公后，就得再下来告诉他们，外公想要些什么。她一走近，他们就会什么都不说，然后让她再去干一件别的事情。他们会让她几次三番上楼的。而她姐姐，却正坐在自己屋里，玩她那娃娃，或者正给娃娃梳头呢！

外公盘腿坐在褥子上，戴着眼镜，正在数一串用石头雕成的黄色念珠。珊娜冲他微微一笑，问道：

“姥爷，您好吗？怎么这么坐着啊？”

外公的胡子很白，长满了白须。

“你好，珊娜宝贝儿，你好吗？”

珊娜走过去，爬到了床上。

“我问您呢？不是您问我！”

她抓起外公的手，亲切地捏了捏，又说：

“您还没告诉我，您怎么样了？我看，您不像是在生病。您这样坐着，还戴了副眼镜。您干吗不躺下呢，姥爷？”

说着，轻轻地晃了晃外公的手，依然冲他微笑。外公的手是一把骨头和满是皱褶的皮肤。外公把她的手举起来，亲了亲，说：

“你的小手真干净，很好闻。”

“谢谢，姥爷。不过您的胡子扎着我了。姥爷，您说吧，想吃些什么？您不是封斋了吗？我怎么不知道啊？姥姥说，您第一个礼拜就病倒了。”珊娜轻轻拍打着外公的手，接着道，“姥爷，您怎么斋月的第一个礼拜就病了，让我们为您担心？说呀，是怎么回事儿？”

“我不说。”

“为什么？”

“我跟你说了，我不说！”

“您干吗不肯说啊？您跟他们一样，也不肯告诉我吗，姥爷？”

“跟谁一样？”

“他们全都那样，我姥姥，我凯里姆舅舅，我妈……还有我穆妮兰姐姐。”

珊娜觉得，这时已没有了往常跟外公待在一起时所感到的欢乐。只见外公握着她的手，又举起来亲了一下。珊娜闷闷不乐地凑近，扑倒在外公的怀里。外公问：

“我喜欢她，姥爷，特喜欢她。可她很伤心，可能是为了米德哈特舅舅。姥爷，米德哈特舅舅去哪儿啦？他在哪儿啊？没人跟我说，谁也不告诉我。”

外公攥着她的小手，她便紧紧地依偎着，感到十分温暖，但心里却想哭。外公搂着她道：

“别难过，珊娜，你还小，长大以后，你就什么都明白了。知道吗，大伙儿为什么都不告诉你？就为了不让你难过。大伙儿都说，她还只是个小丫头片子，咱们干吗让她伤心难受啊？”

“姥爷，我不难受。就是那个苏哈，她老是让我难受。她变成恶魔了，又坏又疯，没一个人像她那样的。”说着，从外公两臂中挣脱出来，盯着他问，“姥爷，我米德哈特舅舅上哪儿啦？”

她发现，外公脸上的皱纹及他的嘴都抽动起来，本来看着她的那双眼睛，已将目光闪避到另一边去了。她又隐隐觉得自己想哭。外公说：

“珊娜，你舅舅出门了，过一两天就会回来的，你不知道啊？”

他的声音平静、柔和无法有丝毫怀疑。她默默地盯着外公那戴着白边眼镜的双眼，问：

“真的，姥爷，这是真的？您要以安拉起誓，姥爷。”

外公伸手抚摩着她的头发，又摸了摸她的脸，说：

“怎么啦，珊娜，姥爷还会骗你吗？”

他是从打落在眼前的额发缝中看着外公的，见他在爱抚着自己，却没有一丝笑容。于是出声地叹了口气，说：

“我拿您没治了，姥爷。这会儿您说吧，午饭想吃些什么？”

外公的双唇又干又皱，什么也没说。门猛地被撞开了，外婆两手吃力地端着个大盘子走了进来。

“你就这样啊，珊娜？都忙着要吃午饭了，你还在缠着姥爷说话，不让他歇会儿？来，把那张茶几给我抬过来。”

珊娜跳下床来，跑到屋子一边的那张茶几旁，把它抬过来，搁在了外公的床前。外婆于是放下了那个大盘子：

“米德哈特他爹，今儿可把我累死了，一整天都待在油腻腻的厨房里忙死忙活地弄吃的！”

“安拉保佑您，姥姥！”

“你也别这么站着，珊娜，快跑到厨房去，帮帮你妈。楼上的老太太们等着要吃呢！去吧，宝贝儿，快点儿！”

“哎，姥姥。”

她答应着，便头也不回地跑出了外公的屋子。饭菜的香味扑鼻而来，她正想下到底楼去，却又在窗边停住了。她隐约听见外公和外婆在说着些什么，又不敢挨近窗去，怕被别人看见。

白日的阳光十分灿烂，她已经不那么累了。听见有人上楼的脚步声，她便向楼梯口走去。只见穆妮兰端了一个很大的铜盘，脸涨得通红，头发散落在深色的上衣上，十分吃力地迈着步子。珊娜走了过去：

“呀，穆妮兰姐姐，怎么是您端来这盘子啊？”

穆妮兰冲她晃晃脑袋，示意她闪开：

“让开点儿，珊娜，没你的事儿！你在前面走吧，给我让出点儿地方来。你就别管我了。”

她那美丽的脸红红的，紧闭双唇，额头沁满汗珠。珊娜在穆妮兰前面跑动起来，见她这个样子，真觉得心疼。她是多么喜爱这个姐姐啊！珊娜忐忑不安地走着，时而盯着穆妮兰的脚步，时而又去看她那张脸。以前这可不是她干的活儿啊，只是由妈妈独自承担给老太太们送饭这件事的。

在门廊的拐弯处，穆妮兰停下脚步，把盘子搁在栏杆上，张大嘴，急促地呼吸着。一边向珊娜招了招手，说：

“珊娜，你去把门打开。”

珊娜把身子往老太太们房间的那扇门上一撞，门猛地击向屋里的墙上。只听索菲娅姑婆喊道：

“主啊！”

珊娜走进去大声道：“姑姥姥，午饭来了！”

穆妮兰吃力地走进屋来，端着盘子站在房中央。索菲娅姑婆惊讶地看了她一眼，珊娜问：

“穆妮兰姐姐，要我去搬张茶几来给您放盘子吗？”

“不，不用。”

穆妮兰把盘子轻轻放在索菲娅的地铺旁，随即便不声不响地在她母亲躺着的那张床沿上坐了下来。看来是累了，正擦着脸和脖子上的汗水。索菲娅盯着饭菜，坐起身，朝地铺边挪动。珊娜问：

“姑姥姥，要叫醒我太姥姥吗？”

“随你便，她睡得死着呢！”

珊娜走过去，抓着老太太的手，轻轻唤道：

“太姥姥，太姥姥，起来吧，吃饭了！”

珊娜盘腿坐在两扇窗户中间的一个坐垫上，碗放在膝头，背靠着墙，一边掰碎面饼蘸着鱼和鱼汤吃，一边听两个老人在那儿斗嘴。中午的阳光很热，屋子里暖暖的。珊娜觉得饭菜不太好吃，仿佛已没有她所喜爱的那种滋味了。

老太太的嘴里发出一个奇怪的声音，索菲娅停下不吃了，问：

“老太太，您这是怎么啦？也不像是打饱嗝啊，怎么回事儿？”

珊娜轻轻一笑。见老太太并不回答，索菲娅转而问珊娜道：

“珊娜，你舅舅上哪儿去啦？”

老太太说话了：“都一个星期了，打娶亲那天晚上就不见了。可能是有天使下凡，把他给带走了……”

索菲娅激烈地打断道：“我是在问她凯里姆舅舅呢！您怎么回事儿，像张旧唱片似的，总这么来回转？我问的是凯里姆，不是米德哈特！”

珊娜答道：“不知道，姑姥姥，可能他在屋里念书吧！”接着又问，“姑姥姥，我米德哈特舅舅呢？”

老太太立即道：“瞧，她不是在问米德哈特吗？你难道没听见？她是在问米德哈特！”随后转向珊娜，那张用黑色头巾裹着的满是皱纹的脸上毫无一丝特别的表情，“天使带着他飞走了，宝贝儿，娶亲那天晚上来把他带走的。新娘子又怎么啦？米德哈特也不是第一个被天使带着飞走的新郎，是吧，索菲娅？”

“您胡说些什么？在小丫头面前说什么天使啊主啊，这算什么话？要说，那就是米德哈特命里该栽在那姑娘手里，就那么回事儿！这间屋子和四面墙都可以做证，我告诉他多少次了，米德哈特宝贝儿，什么才该是属于你的啊？谁也听不进去！”

“我也跟他说过。”

“您？得了吧！白天黑夜就知道睡，连太阳出来了还是下山了都不知道！”

姑姥姥的话让珊娜心中隐隐作痛，非常难受。她不明白，她们两人是什么意思，便骤然问道：

“姑姥姥，那我米德哈特舅舅什么时候才能回来啊？”

她声音中带着恳求的口气，希望两位老人中谁能来回答。她们两人都不喜欢穆妮兰，所以有可能对她说真话。她不安地等待着，厨房里不断响起洗涮碗碟的声音。

索菲娅冷冷道：“安拉知道，宝贝儿，安拉知道！”

又一次令珊娜感到了失望。看着她俩正准备饭后小歇，珊娜想，自己又该把空碗空盘送回厨房母亲那儿去了，真累！

大家都聚在客厅里，准备喝茶。珊娜看见姐姐苏哈坐在凯里姆舅舅的身边，却不见穆妮兰和自己的母亲。外婆正把茶杯摆放在地上的茶盘里，穆妮兰的母亲待在外婆身旁默默吸烟。

厅里静悄悄的，静得出奇。珊娜突然感到很不自在，厅里虽然很空，她却不知自己该坐在哪儿才好。正想回屋里去开电视，却见母亲从东头慢慢走来。她穿着件深色长裙，幽暗的光线中，更突现出她那张白皙的脸。她并未听见母亲的脚步声，虽然近在身边，也未听清穆妮兰母亲和外婆在悄悄说些什么。所有的一切，这种气氛，这个家，这样的光线和这些墙壁，全都被一种难以捉摸的沉默覆盖住了。她抬眼看了看天空，又去注视正朝他们走来的母亲。

这时，响起了一阵奇怪的敲击大门的声音。珊娜吃了一惊，转身去看外婆、母亲和凯里姆舅舅。母亲在墙角处站住了，向院子里张望着。外婆道：

“主啊，但愿没事儿！”

凯里姆舅舅一下站起来：

“我去看看是谁。”

舅舅从珊娜身边走过，她看了一眼舅舅的脸，那上面满是不安的神情。母亲跟在他后面，说道：

“去吧，凯里姆，我跟你一块儿去！”

舅舅没吭声，两人消失在楼梯口后。穆妮兰从她的房间里走出来，问：

“有人敲门？”

珊娜道：“是的，穆妮兰姐姐。舅舅和我妈下楼了，去看看是谁在敲门。”

“但愿没什么事儿！”

门又敲响了，重重两下，随后又一下，又敲一下。院子里的灯亮了，珊娜跑去站在栏杆旁，只见舅舅和母亲正匆匆朝中门走去，穆妮兰也走向楼梯。外婆道：

“你去哪儿，穆妮兰？待着吧！”

“哎，妈。我只是想去看看，那是谁……”

穆妮兰继续慢慢走去，珊娜悄悄跟着，轻手轻脚的，以便不让任何人察觉。走到黑暗的楼梯口，她踌躇了一下，随后便蹦着下去了。她看见，中门略略打开，穆妮兰正站在门旁观察着走廊尽头处发生的一切。这时转身道：

“是你，珊娜？”

说着，便把手轻轻按在她的肩头。穆妮兰呼吸急促，珊娜挨近去，感到了她那柔软的手在抚摩自己，便道：

“穆妮兰姐姐，我去瞧瞧谁在门外，这就回来！”

穆妮兰没说话。

珊娜觉得，这走廊更黑更长了，她只是想借着一点儿天色，来寻找自己可以落脚的地方。那几个人全都站在走廊尽头的大门旁，大门开着，母亲扶着门倚在门边，凯里姆舅舅和另一个人站在门外的马路上。珊娜听见，她母亲大声喝道：

“我说，你干吗不进来跟他们谈呢？你怎么回事儿，你还会不好意思？”

那人道：“不，干吗不好意思？那也行！只是，有这个必要吗？没什么大不了的事儿啊！”

那人说话拉长了调儿，吞吞吐吐、犹犹豫豫的，对珊娜来说并不陌生。凯里姆舅舅问：

“侯赛因，你找我们有事儿吗？有什么要求？要不，咱俩单独谈？”

那人穿了身黑色或深蓝色的衣服，脸看不清，只见鼻梁是朝一边歪斜的。

“不，没事儿，没什么大事儿。咱俩有什么？不，不。只是，有一件事儿，关于米德哈特的事儿，要是……”

舅舅和母亲都叫了起来：“米德哈特？米德哈特他怎么啦？”

珊娜父亲的脑袋在他们两人中间转来转去，说：

“米德哈特能有什么事儿？怎么啦？我不是跟你们说了吗，我就是为了米德哈特的事儿来的！”

珊娜的母亲又一次大声喝道："那你倒是说啊，有他的消息吗？你怎么回事儿？哑巴啦？喝多啦？"

父亲倒退了一步。舅舅道："梅蒂海，别这样，别急！"

"喝什么呀？你还真有点儿神经质。总之，要紧的是……"他好像调整了一下站姿，显得高了些。"是的，有消息……我是说，当然是有米德哈特的消息。你得知道，直到这会儿，我还什么都没喝呢！事情就是这样。"

舅舅抓住他的胳膊，拉着他走进门来。母亲让开了道，珊娜也闪在一边。舅舅道：

"来，侯赛因，进来！你得去见见我父母，还有……穆妮兰。来，我们都得见见你。"

"咱们去哪儿啊，凯里姆？我就有点儿小事儿，不坐了……"

"我爸他病了，侯赛因，你得去看看他，你还不去跟他问个好？起码坐会儿喝杯茶吧！"

舅舅和父亲走在前面，珊娜和她母亲跟着，一行人蹒跚着穿过了院子。

珊娜看见，穆妮兰还站在门边的一个角落里，便拉起母亲的手，摁了一下。母亲撇下珊娜，朝穆妮兰走去，两人小声交谈着。父亲和舅舅走近楼梯，她们三人也跟着，谁也没说话，略感不安地登上了梯级。

见母亲和穆妮兰匆匆走进外公的房间，珊娜也钻了进去，缩在墙壁和外公的被褥之间，只探出一个头来。穆妮兰关上门，在门旁珊娜母亲身边的一张椅子上坐了下来。一时间，谁也不说一句话。外婆挨着外公，坐在床沿上。珊娜父亲和她舅舅坐在床前两把椅子上。谁也不说话。在这间灯光暗淡的屋子里，气氛似乎有些神秘，有些不同寻常，仿佛是电视里那种梦幻的或恐怖的场面。

她听见，外公的念珠数得嗒嗒作响。她父亲穿着套黑衣服，脸色苍白，两腿紧并地坐着，双手放在胸前。外公用轻柔的声音道：

“我说，侯赛因，身体好吗？好久不见了！”

“感赞安拉，爸，谢谢您。是啊，我对不起您，忙了点儿，您身体好吗，爸？”

“感赞安拉，感赞安拉！还过得去，愿主保佑，还过得去，侯赛因。”

“噢，那好，愿主保佑！”

外公又道：“怎么样，侯赛因，那个疯子要把咱们往哪儿引啊？”

“哪个疯子，爸？”

“什么？噢，你问得好。这世道，疯子太多了，咱们的命运全掌握在他们手里。可我说的，除了执政的那个卡塞姆还能有谁？”

“说真的，我不知道……我是说……”侯赛因短促一笑，又道：

“我还真不知道咱们还能被他领导成什么样儿，我不知道。”

珊娜的母亲突然道：“侯赛因，你装什么傻啊？有米德哈特的消息吗？快说！我们心里都火烧火燎的了！”

仿佛这几句话把他吓着了，侯赛因往后仰了仰。珊娜见他紧眨巴眼睛，盯着穆妮兰，仿佛才第一次看见她似的。见侯赛因一直盯着她，穆妮兰不说话，也不垂下眼帘。侯赛因道：

“这位妹子……是穆妮兰吧？”

说着，看了看凯里姆，似在问他。凯里姆点了点头。珊娜觉得，她父亲似乎又有了活力。

“你好……”

穆妮兰微微点了点头，什么也没说，只是冷冷地盯着他。

侯赛因大声道：“我其实没什么大事儿，就是想告诉你们，米德哈特就像是我兄弟，他的事儿也就是我的事儿。”

珊娜母亲又一次大声道：“你跟米德哈特怎么着了，你倒是说啊！你跟他是哪儿跟哪儿啊？你跟他有什么事儿？看在安拉的分儿上，你快说啊！”

侯赛因吃了一惊，看了看珊娜的母亲，又瞥了一眼穆妮兰，随后又局促地看着珊娜的母亲：

“没什么……事实上，我是说……没什么事儿。其实，我是我，他是他！不过，问题是……有两三天了，你们要是想知道的话，他在我那屋里住着呢！”

外婆、母亲和舅舅齐声喊了起来：“在哪儿？你说什么？他在哪？

穆妮兰身子向前凑了凑，目光盯住了珊娜的父亲。外公问：“他住你那儿有几天了？”

“两三天吧，爸。”

舅舅道：“爸，我五天前去过他那儿，我哥准是后来才去的。”

“嗯，是这样。不过，我希望你们……”

大家都激动万分。珊娜一伸腿，碰到身旁的什么东西，又收了回来，缩在自己的角落里。他父亲张开两条胳膊，大声道：

“安拉保佑，我求你们了……他不知道我来这儿。我让他留在那儿就来了。我跟他说，今儿周四，我有事儿。他还以为我出来喝酒了呢！以安拉起誓，到现在我还什么都没喝。只是，他不知道……我没跟他说上哪儿，我求你们了……”

凯里姆舅舅问：“他怎么样？身体好吗？我得瞧他去，我跟你一块儿去！”

母亲喊道：“我也去！”看了看穆妮兰，又道，“我们也去！”

父亲把手举到头顶，待了一会儿，说道：

“别，别，别！愿主保佑，看在安拉的分儿上，可别！你们不明白，别急，愿主保佑……”

说着，放下手，捂住双眼，仿佛十分难受。珊娜听见她母亲对穆妮兰道：

“我知道，他准是又该喝了！”

父亲又把手放回胸前：“对不起，你们……你们不明白。我，我只是有点儿累。不过，这件事儿关系到米德哈特的一生。别，我求你们了，给我一点儿时间，就一点儿。问题是……该死的恶魔……问题是……有两天了，他不吃也不喝，可能有两天多了……不，不，凯里姆，他没生病。病没病，我还不懂？只是……求主保佑，他吃不下，也喝不进去。”

外婆痛心地喊道：“为什么？为什么？主啊，这是为什么？莫非他亲妈死啦？安拉知道，那儿能有什么吃的啊，莫非他亲妈死啦？”

凯里姆舅舅叫道：“别急，妈，您别急！”又对侯赛因道：“听着，侯赛因，我要问你一两件事儿。首先，这很重要，米德哈特他是病了还是怎么的？”

“不，兄弟，他没病。我跟你说了，他没病。”说着，向四周扫了一眼。珊娜觉得，他的目光在穆妮兰脸上停留了片刻。“不过，他有点儿烦心的事儿。你了解米德哈特，他百分之百没病，完全可以肯定。是的，他不吃不喝，也睡不好觉，可他没生病。”

“他睡哪儿啊？难道他亲妈死啦？”

“睡我屋里，妈。”

凯里姆舅舅道：“听着，侯赛因，还有件事儿我要问你，我们什么时候能去见他？我能不能这会儿就跟你去？至少就我一个人？”

“不，不，凯里姆，给我点儿时间，给我两三天，让我跟他谈谈。这事儿有点儿复杂，不过，安拉保佑，不会有事儿的。我来，只是为了让你们放心。”

“安拉保佑你，安拉保佑你！”

“谢谢，妈，这是我应该做的。”

突然，大家都沉默了。外公用沙哑、颤抖的声音打破了这片寂静：“我说，侯赛因，我对你是很了解的，你心好，仗义，敬畏安拉。

只是环境有时干预了一些人的生活，改变了他们的生活，这并非他们的本意。虽说世道多变，但万颂所归、至高无上的安拉还是在他们心里留下了同情、怜悯和友爱。因为他们本来是高尚的，根子是正的。你，侯赛因，万颂所归、至高无上的安拉把我儿子米德哈特托付给你了。安拉的旨意是谁也不能违背的，我们不能，你不能，任何人都不能。侯赛因，安拉把他托付给你了，这你明白吗？你要对这一托付负责啊！”

“是，是，爸！”

“对万颂所归、至高无上安拉的决断，我们毫无异议。我儿子米德哈特……他知道我……但没来跟我商量……”稍停，又道，“我是虔诚的，我笃信安拉和安拉的使者。这会儿，我卧病在床，一切都由安拉安排吧！我要你向他转告一段我从尊贵的《古兰经》中引来的至尊的经文。”

说着，压低了嗓门，开始吟颂：

你告诉我吧！违背正道，稍稍施舍就悭吝的人，难道他知道幽玄，故认自己的行为为真理吗？难道没有人告诉过他穆萨的经典……

在众人的肃静中，外公提高了嗓门：

难道没有人告诉过他穆萨的经典，和履行诫命的易卜拉欣的经典中所记载的事情吗？各个负罪者，不负别人的罪。各自只得享受自己的劳绩。他的劳绩，将被看见，然后他将受最完全的报酬。你的主，是众生的归宿。他能使人笑，能使人哭……

珊娜听见，有人在低声抽泣。

他能使人笑，能使人哭。他能使人死，能使人生……[①]

颂罢，又念道："诚哉，至伟安拉之言！"

外婆用手捂住眼睛，在轻声抽泣。珊娜发现，穆妮兰突然一动，只见她悄悄站起，毫无声息地匆匆从屋里走了出去。珊娜的母亲不解地看了穆妮兰一眼，但后者却头也不回，径自离去了。珊娜母亲又带着一脸惊讶和忧伤把目光投向外婆。珊娜见父亲和凯里姆舅舅都待在那里，没注意到她那亲爱的穆妮兰姐姐已经离去。她觉得心里十分沉重，有些害怕。他们之间的谈话，她大都听不明白。只听她父亲也念道：

"诚哉，至伟安拉之言！"

随后，咳了几下，又呆住了。

外公对外婆道："米德哈特他娘，你哭什么？有什么哭的？对主的慈悯无望了吗？"

外婆立即停住抽泣，用手抹抹眼睛，说道：

"米德哈特他爹，我没哭，我干吗要哭啊？我要还有眼泪可流，那倒好了。只是我每当听到《古兰经》，总是想哭的。"

"感赞安拉！"

"梅蒂海，去，给他倒杯茶来！"

一听要倒茶，珊娜的父亲立即站起身来：

"不用了，妈，谢谢您，谢谢，领情了。这不是喝茶的时候。爸，您要是同意，这会儿我该走了。"稍一停顿，又道，"我不会辜负您的好意的，爸，安拉保佑！您别担心，就两三天，一切都会圆满解决的，

---

① 《古兰经》星宿章：33—44节，译文引自1981年中国社会科学出版社出版马坚先生所译《古兰经》中译本。——译者

稍等我几天。”

“安拉保佑，孩子！别忘了，把我的话转告给米德哈特。告诉他，爹要他遵从安拉的言辞，好好领悟。告诉他，爹是在病床上给他这番嘱咐的。你明白了吗？”

“明白……明白了，我什么都会告诉他的。我要走了，爸，祝您健康，再见！”

说着，举手示意，便朝门外走去。

珊娜悄悄站起，沿着墙，走到了门外。客厅和门廊空无一人，她匆匆走到栏杆旁，见舅舅和她父亲已走出中门，而母亲则在院子里缓慢地移动着脚步。暗淡的灯光，映照着院落，院中的小水池里时而发出闪光。她想唤一下母亲，又忍住了，心中充满了十分复杂、难以厘清的感情。今天的一切，全让她赶上了，但家里的人却谁也没注意到她的在场。她稍稍打了个哈欠，双手扶着栏杆，身上一阵寒战，随后又打了个哈欠。母亲在中门旁站定，看着父亲和凯里姆舅舅朝外走去。

她突然听到一个声音在轻轻唤着她的名字：

“珊娜，珊娜！”

那声音柔美、悦耳。转过头去，只见穆妮兰站在她的房间门口，正向自己招手，便毫不迟疑地跑了过去。穆妮兰将她拉进房内，关上门，匆匆道：

“珊娜，我要你帮忙做件事儿。”说着，举起手，“这是一张纸条，你把它交给你父亲。现在就去追他，把纸条给他。跟他说，把它交给……米德哈特……给你米德哈特舅舅。”

穆妮兰蜜色的双眼十分暗淡，眼边描着的黛黑已经洗去。

“珊娜，你明白了吗？”

“明白了，穆妮兰姐姐。”

“珊娜，你喜欢我，是吗？”

她咽了一口唾沫，正想回答，但穆妮兰又匆匆道：

“这会儿我要你快跑，别让任何人看见。把这纸条交给你爸，跟他说，这是穆妮兰姐姐请他转交给你……米德哈特舅舅的，明白了吗？去吧，珊娜，亲爱的，快跑！”

说罢，塞给她那张折好的纸条，打开了房门。珊娜心怦怦直跳，穿过门廊，走下楼梯，便在楼梯口站住了。见母亲已进了厨房，那里亮着灯，响起摆弄碗碟的声音。她沿着远离厨房的院墙向外走去，只见父亲和凯里姆舅舅正站在敞开的大门外谈话。

黑暗中，她站住调整了一下自己的呼吸，手里紧攥着那张纸条。母亲一时还不会想起她来，她正忙着洗盘子准备第二天的早餐呢！如果回来时被她问起，就跟她说自己是和凯里姆舅舅在一块儿。

她轻轻地缓步向前，踏上台阶，又停住了。那两人在轻声交谈着什么，她听不明白。见父亲手里拿着支点燃的烟，不时吸着，随后便一边咳嗽，一边吐出烟雾。四周一片漆黑，路上的光线只能让她隐约看清他俩的动作。

她又小心翼翼地向前挪动，见两人握了握手，父亲道：“行，当然……当然……没事的，再见！”

舅舅回答着什么，父亲随即便消失了。珊娜觉得一阵不安，凯里姆舅舅依然站在那儿，望着她父亲走去的方向。珊娜并未拿定主意，走到舅舅身边，唤道：“舅舅，舅舅！”

凯里姆立即转过身来，仿佛觉得很意外：

“谁？珊娜？天这么黑，你在这儿干吗？”

她毫不迟疑地道：“舅舅，我找我爸有点事儿。”

“你找他有什么事儿？”

“我们有事嘛！我想跟他说说，你让我跟他谈吧！”

舅舅盯着她，黑暗中，那张脸看不太清，要是他问自己，是谁派她来的？该怎么说？穆妮兰姐姐要自己别让任何人看见，可他，凯里姆舅舅，也许会逼自己拿出纸条来，然后就打开看的。

她心里乱极了，不等舅舅可能会说什么，便踏上了通向马路的台阶。

“舅舅，我这就回来！”

说着，就朝她父亲走去的方向跑。凯里姆舅舅道：“慢点儿，别这么跑，你疯啦？”

那条路她很熟，远处有一盏路灯，发出暗淡的灯光。要紧的是，必须在父亲消失在大街的人流中之前追上他。门前长着棵很大的酸枣树的木匠赛义德·穆斯塔法家院子附近，珊娜突然看到了她的父亲。他挺着胸，摇摇晃晃地在前面走，忽左忽右，样子很怪。随后，拐到路的另一边，又有节奏地摇晃起来。

她喊道：“爸，爸！”

父亲似乎并未听见，两人隔着两米或更近些。她又喊：“爸，爸！”

那人吓了一跳：“啊？什么？”

“对不起，爸，是我在喊您呢，您没听见？”

“你是谁啊？有事儿吗？”

“爸，我是珊娜。”

“谁？噢，噢，珊娜宝贝儿，你好吗？上哪儿啊？有事吗？”

“没，没事，爸。只是……”

她紧紧攥着那小小的纸条。

“穆妮兰姐姐说……她说……”

说着，伸出手来：“这纸条，请您交给米德哈特舅舅。”

那人像石头似的愣在那儿，垂着双手，只是盯着珊娜。她不知该怎么办，用手晃着纸条，又说：

“爸，这纸条您拿着，交给米德哈特舅舅，跟他说，是穆妮兰姐姐给的！”

“哎，哎，我拿着，行，只是……”

他小心翼翼地接过纸条。

“我怕今儿晚上见不到米德哈特，明天也行吧？有什么呀，明天好吗？”

“我不知道，爸，穆妮兰姐姐说，快点儿给他。”

“行，行，一百个行！”

说着，便把纸条塞进上衣里面的口袋里。他突然弯下身子说：

“叫她放心，你跟她说，叫她一百个放心！”

然后，吻了吻她的双颊。那气味，臭得让人无法忍受。

沿着那条幽暗的道路，朝家的方向，珊娜往回跑去。远远地，只见凯里姆舅舅还在原地等着，这令她很高兴。穿过走廊往里走时，舅舅责怪了她，一再问她找父亲有什么事。珊娜不肯直说，使凯里姆很生气，又责怪了她几句，便径自往外公外婆的屋里去了。

珊娜快步奔跑起来，她心里轻松极了，兴高采烈的，觉得自己守住了一个极其重要的秘密。比较起来，一切责备、辛苦、冒险都算不了什么啦！

第十一章

米德哈特被自己的叫声惊醒了。

灰蒙蒙的夜色中，他睁开了双眼。上下颌在抖动，心跳得更厉害。他从床上爬起，一滴冰冷的泪水，从眼角流下。他喘着气，呼吸局促，擦拭着湿漉漉的脸和脖子。

从一开始，他就知道自己是在做梦。他在梦中见到了自己，并明白那是梦，对自己道，做梦而已，一会儿就会醒的。

虽说如此，他还是看见穆妮兰站在自己面前，还是在梦中见到了她，并用一把匕首向她刺去。那姑娘毫不反抗地默默忍受着他疯狂的刺杀与宰割，同时轻轻地抚摩着他的另一只胳膊。她的抚摩是那样温柔，他惊叫起来，双手掩脸。他被击垮了，逃出了那个火狱，随后便大哭起来，胸中迸发出一阵号啕，恰似海涛滚滚。哭号从心底升起，泪水从指间溢出。他想放下双手，停住悲恸，镇静下来。可是，在这间空荡荡的幽暗的屋子里，他似乎失去了一切决心和意念，对一切全都漠然了。

泪水依然在不断流淌。

他刺破了她的胸膛，剖开了她的腹部，割裂了她的双眉。他记得，自己是在实施这幻想的罪行时开始哭泣的，只是看到她在抚摩自己时，方感到从未有过的惊恐。她并未阻止自己继续宰割，只是善解人意、十分爱怜地抚摩着他。他痛苦地惊叫起来。只觉得巨大的悲痛堵在他的喉头，压在他的胸口，令他窒息。也许他并未惊叫，但是他已被窒息得几乎顷刻间便欲崩裂，行将死亡了!

米德哈特伸手去口袋里摸出手绢，擦拭着自己的脸、脖子和眼睛。他听到身边发出的时断时续的鼾声和梦呓，侯赛因回来时自己肯定没有觉察。只见他睡在沙发上，黑乎乎的一堆，比四周的光线还黑。米德哈特觉得口干舌燥，掀开破旧的被子，两条腿伸到床下，用双脚在冰凉的地面上摸索鞋子。鞋没找到，又试了试，还是没找到。他只得站起来，大腿的肌肉颇有些酸痛。

地面冰凉，米德哈特踮着脚尖轻轻朝门口走去。走近沙发时，听到了侯赛因沉重的鼻息和语不成句的梦呓。像猫叫似的嘎吱一响，门被打开了。开开灯，看一下表，刚四点过几分。他站在洗手池前，壁镜里映现出他那长满胡须的脸和通红的双眼。他用凉水洗了洗手和脸，又拿手指去梳理一下那乱蓬蓬的头发。头发很脏，他又洗了洗手，然后用毛巾擦干。正想擦一下湿漉漉的脸，毛巾上一股恶臭袭来，只得将它放回原处。他取出手绢，把脸擦干，然后又朝镜子中望了一眼。不，看他那张脸，绝对不可能会杀人，不管是在梦里还是在现实之中!

米德哈特想返回床上去，刚抬起一条腿，心中便涌动起一股莫名其妙的感觉。不由自主、不可思议的一股潮流，裹卷了他的整个心灵，令他剧烈地战栗。他只觉得穆妮兰那只柔嫩、娇小的手又向他伸了过来。他又回到了梦境，回到了正在刺杀穆妮兰时的那种疯狂状态。米德哈特的全身都抖动着，听着自己胸中正欲迸发出的一阵号啕，他使劲儿地闭上了双唇。他试图站稳些，刚才抬起的那条腿却一点儿不听使唤。于是，他像一段木头似的一下栽倒在床前那冰凉的地面上。

米德哈特盘腿坐在床下的地上，黑暗中，什么也看不见，他也不想去看任何东西。

人们要女人干什么？在这漫长的岁月中，在这自古以来的许多世纪里，自从有了雄性，有了男人，人们要女人是为了什么？

随后，他又看到了穆妮兰，她干吗不告诉自己，干吗不告诉自己呢？……米德哈特用右手的掌心击打着地面。亲爱的女郎，可爱的姑娘，心中的妻子……她干吗不告诉自己，干吗不告诉自己呢？……米德哈特冲动地举起手，又要去击打地面。他突然觉得有一道热泪从胸中涌起，势如破竹，汇成浪涛。他一惊，用手捂住了嘴，使劲儿将双唇合拢，恰似要压住一声惊呼！

他的心在悸动，他觉得仿佛有什么东西在压迫着他的头骨，要把他的两颗眼珠挤将出来。一时间，他紧捂住嘴，调整着呼吸，使之一点点平缓下来。假如她……当时……便告诉了自己……他的身子在发抖，从头到脚都在发抖，像是枝头一片被风儿吹打着的树叶。他觉得自己还控制着最起码的平衡，保持着最起码的意念，以便不致再次变得疯狂。

他把手从嘴上挪开了，这是一个新的迹象，他不再会死去或不自觉地去宰杀任何人了。这确是一个新的迹象。

假如她当时便告诉自己，又会怎样？

现在，那些话，那些话所含有的意思，再不会让他觉得惊恐了。他会一而再、再而三地去重复那样的话语，用同样或另样的方式，都无所谓了。

假如她当时便告诉自己，又会怎样？

她为什么不跟自己透露那件秘事？为什么？为什么？

她没有说，什么也没说，没有。要是她说了……就不会发生，不会出现这种事了……如果她说了……就可以避免这种事了……他会放过她的，会放过的，会的……他会忍过去的，会的……也许，穆妮兰是了解他的，故而才选择了他……可这算是什么？慢性死亡？分四五个阶段缓缓地死去？

当他把与穆妮兰共同生活的大门关上，将她独自留下时，他什么话都没跟她说。他可以自己逃离，为什么不能？他悄无声息，窃贼一般地溜出了家门。虽说心中已充满污浊的沉积，但他尚未崩溃，并未喊叫、吵闹。他只是觉得意外，因为穆妮兰要的正是如此；他觉得意外并受到打击的是，穆妮兰那蜜色的、迷惘的目光中，没有一点儿恳求的表情，没有一点儿爱的呼唤将她拯救。莫非她对自己已经绝望？莫非当她将两只温柔的臂膀紧紧搂住自己，把自己揽入她的怀里时，她已处于绝望之中？莫非当她羞涩地将充满激情的胸脯向自己压来，在自己耳边和心中窃窃私语，一心一意为自己绽现阳光般灿烂的微笑时，她已处于绝望之中？莫非他与她，本就是两个毫无希望、绝无前途、行将死去之人？

从窗洞中，透进了渐渐明亮的晨光，屋子里弥漫着灰蒙蒙的颜色。

穆妮兰用女性所有的万般温柔搂着自己，将自己和她一起引入深渊。是她做出了这一选择，她知道自身的隐秘，但并未向自己透露。因为她不愿被孤零零地抛弃，因为她不能独自去面对众人。或许是因为……因为穆妮兰信任他，爱他……爱他，要他明白她的隐秘，随后再……

那么说，自己反倒成了事情的根本、事情的基础、事情的起点了！可她，真的爱自己吗？哦，这想法有多疯狂！她什么都没告诉自己。也许，她预期能在自己身上看到些英雄气概，我俩可就这样相爱，亦即就这样忍辱偷生……用一个秘密的桎梏，终身捆绑在一起？莫非对这种事情，她也可以视作儿戏？莫非她嫁给自己，已费尽心机？

可是他与她，从开始便已经终结。因为两人均并非无亲朋之人。若无亲朋，则还能有一根救命的稻草。只是她却不懂这一切，正是她为之孤注一掷的那个人,冲她亮出了匕首! 即使那是在梦中,又有何妨? 又能改变得了什么? 事已如此，在梦中，在天涯，在宇宙一个遥远的角落，全都一样。他在任何地方都可以亲手将穆妮兰血刃，亲手刺杀她本人……他会不断地刺杀，直至她触摸他，对他道:够了! 身已死去，这便够了! 耻已洗尽，这便够了，够了!

侯赛因一边打呼噜，一边翻动着身子，于是连人带躺着的沙发都发出了一阵杂乱的声响。他脸色蜡黄，紧闭的双眼下有两圈黑色的阴晕，连自己也不知道盖的是件大衣还是条厚军毯。身子缩成一团，像是丝茧中的一个蚕蛹，只把脸和那头乱发露在了外面。昨晚，他何时才回? 他确有些焦躁，因为周四晚上本是酒友们聚会之时。不过这也并不排除他每晚总要去酒桌旁坐坐。

周五晚上，对他更为特殊，不过他没跟自己要钱。刚吃完点心，他就走了。走前在自己跟前站得比平时更久些，似乎有什么说不清楚的事情。米德哈特不愿给他钱，以后自己也会需要钱的吧! 所以他并未抬起头来，装作在想问题的样子，虽说这让侯赛因有些焦急。

米德哈特很想以某种方式帮帮侯赛因，尤其是因为，这几日里他向自己敞开心扉，把他生活中那些稀奇古怪的事情都跟自己一一讲述，包括饮食衣着、人际关系，等等。米德哈特觉得，他的心比自己原先想象的更善良。看起来，他如今的生活是适合他的唯一模式。侯赛因并非在一般层面上对人间的生活有逆反心理，他只是对社会的规矩与约束有所抵触。他为此付出了极大的代价，失去尊严，忍受污浊与饥饿。但他心甘情愿,心安理得,竟至让人钦羡。他深刻地、确切地知道，自己注定会在短时期内死去。有时，他会突然觉得十分害怕，一种并无任何逻辑的盲目的害怕。于是，便匆匆去杯中寻找安定，而且也常常能够找到。

米德哈特把目光从侯赛因身上转向那面布满裂纹折射出光线的墙

壁。墙上挂着几幅铅笔画：一颗被箭射中的心，还写着几个字，几枚锈迹斑斑的图钉，一滩大大的黑色墨迹，仿佛有人扔去一只墨水瓶，在那里砸得粉碎……

米德哈特闭上了眼睛,可胃里、心里都在搅动。他用右手摁着肚子，又擦了擦胸口，深深吸了口气。这些小动作，最后可能会有些作用的。他已精疲力竭，全身瘫软了，一切均已耗尽，所剩唯有性欲。这可咒的欲念依然存在着，燃烧着他的一切思绪。他挤压着双腿，欲火难平。

当你被拥入那美丽、可爱的女郎怀中时，那是一种进乐园般的感觉。她张开粉红色双腿时的动作，她用鲜艳的纤指捂住颤动的乳房，她抿着自己的双唇，她轻轻地抚摩着自己的头……当时，他完全是清醒的，睁大了双眼，凝视着前面灰蒙蒙的一片空白。只觉得一种隐隐的欢快，悄悄从腹部涌起，直升至胸口。那是生命的一种无须任何缘由的神秘的欢乐，只有生命本身才能加以阐释。那便是纯粹的欢乐，那便是生活!

他感到从腹内某处传来一阵类似肉体的快感，一种令人含羞需加遮掩的快感，一种让人麻醉使人欣慰的快感。一时间，一切痛苦，一切存在全消失了。他闭上了眼睛。

米德哈特睁开了双眼，只见侯赛因已在沙发上坐起，正望着自己。满屋子尽是阳光，寂静无声。两人目光相遇，一时无言，只是对视着。不知何故，气氛有点儿莫名的怪异。突然，米德哈特听见远远传来一阵低沉的爆炸声，便从床上坐起身来。侯赛因用沙哑的声音道：

“听见了吗? 这已是第四次了! ”

“会是什么? ”

侯赛因挠挠脑袋，说：“米德哈特老弟，这要么是我姨夫今儿早上洋葱吃多了，要么就是咱们全等着的那场革命爆发了。就像大伙儿所说的那样，我相信，咱们那头目卡塞姆的日子不好过啰! ”

说着，边伸懒腰，边张大嘴打了个哈欠。

听着侯赛因这话，米德哈特有些不安。今天早晨天气宜人，是可以与一个心仪之人同去郊游的日子，而不是再搞一场新的革命。如若当权者与他想法一样，那么革命党人必定是非常精心、十分成功地选定了这个日子。又一声爆炸打断了他的思绪，紧接而来的是无数枪声和闪光。侯赛因从沙发上挪下双脚道：

“不，这肯定不是我姨夫他……”

他笑出声来，随后又伸了个懒腰。

米德哈特穿着皱皱巴巴的蓝色西服，褪色的衬衫敞开了领口，还系了条黑色领带。他坐在床上，两腿耷拉下来。听着侯赛因边说边打哈欠，他又觉得有些不安。

“我说，米德哈特，我先去厕所行吗？咱们得赶紧点儿了。”

“请吧，没问题！”

侯赛因挠挠右腿，向门外走去。

米德哈特从床下找出鞋子和塞在鞋里的袜子，颇觉厌恶地套在了脚上，随后便踱起步来。他有些不安，闷闷不乐。他知道自己的脑海中并未对某件特定的事给予关注。他已离开这浊世，离开所有世人。因为他感到自己的羞处已被曝光，从而对一切均觉汗颜。他未曾有何作为，几小时前，还以为这是一种壮举，可是天边响起了一阵阵轰炸声。如此看来，自己的时间，自己的小天地并不掌握在他手中。他也觉得害怕，因为人们的行为举止已与他的思维、他的逻辑、他的预期完全脱离了。

门被猛地撞开，侯赛因整理着头发走了进来：

“对不起，我耽误了一会儿。你没听见什么？”

“没有，还能听见什么？”

说着，米德哈特也走出房间。

外廊里的空气暖暖的，米德哈特在洗手池前站住了。他两眼通红且有些肿胀，头发很乱，用凉水和肥皂洗了把脸，只觉眼睛刺痛。他又听到了一两声轰炸声，不安的感觉时时向他袭来，恰似有看不见的钉子在扎向他的肩头。他正擦拭脸时，见侯赛因走出了房间。

“米德哈特，我出去一下，看看出什么事了。你跟我去吗？”

米德哈特略一犹豫:“我？不……不了。你去吧，侯赛因。要有什么事，你准会回来的，是吗？”

“当然，我当然要回来的，还能去哪儿？”

说着，就朝台阶走去。

米德哈特又慢慢地踱着方步，随后便倒在床上。他浑身无力，昨晚涌现的那阵性的冲动已经平息。他缩起身子坐着，觉得自己的心在乱跳。隐约的不安仍在向他袭来，那是一种不可名状的不安，如若蜃景，既难以触摸，又未能散去。眼前的天空，已不再辽阔无边。出乎预料的许多重大事件，从四面八方向他围逼过来。他是害怕自己遭到不测，还是担心家人的命运？总之，不管情况如何，他只是想和家人们待在一起……不过，仅止如此吗？

远处，炮火盈天，持续不断，十分惊人。那声音从敞开的窗口直灌入他的耳内。一个狂人，正用难以理解但非常吓人的语言在嚷嚷着什么。又是一阵爆炸，传来隆隆回响。庭院里响起轻轻的脚步声，子弹不断发出呼啸声，人声鼎沸。

有人推开房门，侯赛因的姨妈阿缇娅探进头来：

“早上好，米德哈特先生！”

“早上好，姨妈！”

“对不起，米德哈特先生，我本来是不想来麻烦你的……只是，你姨夫哈吉今儿早上有点儿不舒服，你姨妈我没饼了。你是贵客，我怕你午饭没饼吃。今儿外面很乱，我不知道，自己是老糊涂了，还是真听到了什么……”

“您是要我去买大饼吗，姨妈？”

“是啊，米德哈特先生。”

“面包房在哪儿呢？”

“在广场，先生，在咖啡馆后面那广场上。”

咖啡馆后面的广场上，人们一圈圈围聚在一起，一边热烈地议论着，一边望着远空。其中一人，跑进咖啡馆里，凑到另一堆人那儿，另一些人又分散开去。收音机里杂乱无序地播放着各种声明、音乐和爱国歌曲，那声音把咖啡馆的玻璃震得直颤。

米德哈特出门没多久，就看见三个人匆匆从他身边飞跑过去。又见一群人激动万分，其中几个人用手指着远方。在那个空旷的地方，爆炸声震耳欲聋。空气清爽，天色瓦蓝，昭示着一种童稚的欢乐。但这种欢乐，在大地上却毫无踪影。米德哈特朝人们所指的方向看去，却什么也没看见，但他已越发不安了。

他打听面包房的地址，一个八岁的孩子告诉了他。他又听到身边有人在谈论说，举行了支持当局的游行，阴谋已遭失败，国防部被毁，等等。广场中间，散播着各种声明、各种议论，夹杂着阵阵爆炸声，沸沸扬扬，充斥着他的一切感官。他这才知道，自己原先是生活在一个多么幽静的世界里。

钟声敲了几下，已是中午时分。他朝面包房走去，却只买到了两块大饼。见那师傅久久地盯着自己，他心中颇觉不快。返回时，走得很慢。身子十分虚弱，所以只能小步慢行。走进阴凉的胡同，这才觉得眼睛舒服了些。他好几次都看见一群群人在各条胡同里奔走，那都是三五成群的年轻人，眼睛里几乎能滴出血来，手里拿着枪。对此，米德哈特一点儿也弄不明白。

侯赛因的姨妈坐在一张木凳上，在厨房里等着他。问起侯赛因，她却不答。于是米德哈特知道，侯赛因还未回来。米德哈特见老太太点火准备煮汤，又问：

“阿缇娅姨妈，你们这地区是怎么回事？许多人都在来回奔跑。他们都在这儿忙些什么？”

老太太一边把汤放在炉火上，一边说：

“这儿？孩子，这儿什么都有，什么都没有！只有万颂所归、至高无上的安拉才知道哪儿是个头！”

说着，扫了他一眼。米德哈特觉得，这目光中包含着一种让他难解、令他不悦的指控。他想，也许老太太认为，在这种局势下待在这儿，该是个不受欢迎的讨厌客人了；或者她是想跟自己再多要些钱吧！米德哈特问起哈吉姨夫，老太太说他还睡着呢！突然，米德哈特觉得跟这位不愿与自己交谈的老人待在一起，颇让自己心烦，于是便跟她道别走上楼去。和这些人接触的这段时间，并不让他觉得愉快。

米德哈特躺在床上，脑袋枕着胳膊，眼睛盯着天花板，看到的只是一片模糊的白色。他不饿，也不累，只是心里有一种感觉、一种思虑、一种印象，觉得即将会产生一个想法，有可能发生一件对他来说十分重要的事情。这感觉不同于昨晚袭来的性的欲念，而是一种临产的阵痛，内心有一种期待、一种盼望在涌动。

他觉得穆妮兰微睁着茫然的双眼正在注视自己。她描黑的眼帘下，蜜色的眼珠闪闪发光，一缕被汗水湿透的秀发覆盖在额前。米德哈特的呼吸一点点急促起来。穆妮兰是他的妻子啊！这句话带着一种奇妙的铿锵。那个他爱过、一起生活过的姑娘，在他面前显露出了自己，把他的世界划成了两半。

米德哈特听见老太太在楼下呼唤自己，太阳已略略偏斜，远处的爆炸声依然在轰响。他从床上坐起身来。

他怎会以为自己将发生一件重大的事情？有可能发生吗？有可能到达某种境界，某种时空以至他可以明辨一切，做出决断吗？他懒懒地站起身来。这个世道的规矩，是并无明确界限的。你可以把一些事情分离出来，放进括弧里，留待以后去处理。强者便是如此开始的，他们绝不会屈从于各种顾虑和杂念，而是从自己的生活中把一些无谓的事端删除，只追求一个特定目标，并谋划予以实现。

汤碗已放在厨房门口的一张小桌上。他听见阿缇娅姨妈和哈吉姨夫在屋里交谈。他拿出汤匙，站到那小桌旁。大饼泡在汤里，热气腾腾。他伸出汤匙，正舀向那满满的汤碗，一声巨大的爆炸震响了，整座房子和房中的一切全晃动起来。他一抖，汤匙及匙中的食物全掉在了地上。哈吉的脑袋探出房门，老太太连忙出来，说道：

"安拉是最伟大的，米德哈特先生！"

米德哈特看着他俩，仿佛在表示歉意。哈吉道：

"你好，先生！"

米德哈特冲他点了点头。他们都听到了近处的枪声，却无法确定来自何方。随后又是一声轻微的爆炸。米德哈特下意识地看了一下手表，现在约两点半。几个人面面相觑，估计着会出什么事。哈吉问：

"先生，您那儿没收音机吗？"

米德哈特回答说没有。他很害怕，肠胃都抽搐了，这颇令他懊丧。哈吉又躲进屋里，老太太正要跟着进去，大门敲响了。见老太太不安地看着自己，米德哈特道：

"我去瞧瞧是谁。"

哈吉又探出脑袋。门一打开，侯赛因旋风似的闪了进来：

"安拉保佑你，米德哈特。您好吗，阿缇娅姨妈？安拉保佑，您做午饭了？看在安拉面上，我虽说还没饿死，也饿得半死了！"看见汤碗，又道，"好啊，好啊，这红红的脸蛋儿，给谁盛的？还有西红柿哪！"

说着，伸手便用指头去捞，塞了满满一嘴，立即大嚼起来，道：

“惊人新闻，米德哈特，惊人啊！特大游行，打起来了。最新的传闻是，咱们的头目卡塞姆一进国防部，那儿就被包围了！”

米德哈特一边站着听他讲述，一边又拿起汤匙，跟他一起吃着。只听侯赛因连咀带嚼，狼吞虎咽，还不时嘬嘬手指：

“不过，许多人都牺牲了！”

红色的汤汁，染得他嘴上、胡子上，甚至脸颊上都是。米德哈特问：

“这是为了什么？”

“什么为了什么？老弟，火山爆发了，整个儿沸腾了！我差不多走遍了巴格达的每个角落。我偶然碰到艾布·杰拉勒，他有辆车，我们就转了一大圈，冒了点儿险。米德哈特，问题不只是一场政变，不，而是整个大地沸腾了，所有伊拉克人都参加了战斗，许多人都牺牲了。这是我亲眼看到的。”

又对老太太道：“阿缇娅姨妈，安拉保佑您，给我杯水吧！”随后盯着米德哈特道：“米德哈特，我有事跟你说，今儿早上忘了。让我先歇会儿，昨儿没睡好，也许饭后先打个盹儿吧！”

接过水杯，又道：“米德哈特，你这会儿可别出去。不行，得等气氛稍微缓和点儿再说。”

侯赛因这个不善猜度的醉鬼，话里的意思是指他返回家去，返回穆妮兰身边去吧！这件事现在可不是时候。他不能像一个受了惊吓的孩子那样回去，那可不行！

远处传来一阵巨大的爆炸声，接着又是一阵较轻的爆炸。侯赛因抬头道：“我得走了。”

说着，大步朝楼梯走去。

米德哈特把最后一口饭送到嘴里，囫囵吞了下去，随后拿起空碗，走进厨房。

老太太道："米德哈特先生，别挤这儿了，我来洗碗碟儿吧！"

"谢谢，阿缇娅姨妈。"

说着，他也走向楼梯，慢慢爬上梯级。走进房间，见侯赛因什么也没盖，和衣躺在沙发上，阳光已斜射到窗旁的一个角落。只听侯赛因道：

"米德哈特，有件重要的事要跟你说，只是这会儿想不起来，让我先睡半个小时，然后我会一五一十地全告诉你。"

米德哈特没搭理他，在床边坐了一会儿，随后便背靠着枕头，躺倒在床上。吃完饭，他觉得身子轻松些了，对外面接二连三的枪炮声再不予以特别的关注。也许他能像侯赛因一样，也可以睡一会儿。昨晚只睡了几个小时，睡得不踏实，还不如不睡呢！如果能睡一会儿，体力会恢复的。

脱了鞋，把被子拉到胸口，他闭上了眼睛。

侯赛因那儿，会有什么事？他是真的忘了，还是装糊涂？想着，便问：

"侯赛因，你见我家人了？"

没有回答。米德哈特睁开眼，朝他看去，只见他双手放在胸前，仿佛无可奈何的样子。嘴巴张开，喷吐着沉重的呼吸，脸色灰暗、憔悴。米德哈特收回目光，又闭上了眼睛。他肯定是去见家里的什么人了，不过，以为这事儿很重要，那就太无聊了。这说明不了什么，也没什么大不了的。即使他是去见了穆妮兰，也不是件大事。侯赛因并不知道穆妮兰的实情，连他自己，穆妮兰的丈夫，对她的本性也不知情。正因如此，正因经过了这一切，才令他挣扎于黑暗之中，如盲人般摸索行进，寻找着某种看不见、弄不清的东西。

米德哈特觉得，他的神经紧绷起来，突然产生一种念头，感到自己几乎就要找到那独特的东西了！他的心急剧地跳动起来。饭后，他的心跳总会加快，可现在却另有原因。

就拿穆妮兰来说吧，和别的姑娘一样，她原来肯定是个处女。她们不都一度曾是处女吗？然后……一颗爱她的心，要求她不被玷污，要求在联姻后她重又恢复贞操，但是，这哪儿可能啊！如果他这位轻率的心上人能为自己保留贞操，如果她没有……米德哈特心中涌动着对她的渴念。那温暖、柔绵的胴体，由他枕着，被她搂着。她搂着自己，紧紧地。她需要自己，让自己紧贴着她的胴体……

米德哈特一次次地抹着自己跳动的额角，呼吸又一次急促起来。不过，他觉得自己能够驱散这些画面，把它逐出心中，然而……他觉得自己正处于个人的天地之中，却有一只铁掌无情地将他抓住，狠狠地将他扔出了运转的轨道，扔出了他的，或是她的世界。是他的还是她的？他不知道，这已无关紧要。他只是一种欲望的牺牲品，这种欲望毫无先兆便将他控制，这究竟是何种欲望？这是何种不可知的力量，以致竟如此残暴，如此强烈，如此无情？这究竟是什么？是什么？是什么？

侯赛因垂着双臂，脸色灰暗，仿佛已离开人世。米德哈特突然感到，自己十分孤单，非常劳累。他又将背靠在枕上，闭上双目。

他感到疲乏、孤独、沮丧、害怕。怕面对那个最终会让他冷静地重新审视自己生活的念头，那个要让他把事情从根本上颠覆过来的念头。可是……事实已如昼夜更替般明白无误，他已认清了成婚时自己的妻子穆妮兰并非处女这一事实，又如何能加以改变？她并非处女，此前穆妮兰已与另一人有染。不仅有染，而且或许还很爱他。不仅有染，而且或许……

米德哈特已抑制不住胸中的泪水了。

穆妮兰在答应嫁给他的时候，明明知道她自己已不是处女，明明知道这将令他十分痛苦，使他受到伤害，甚至或许会将他置于死地的啊！可现在，这一切都已无关紧要了。只是，在她这一现实的基础上，又该如何进行构筑?

她已不是处女，已失去贞节，应该受到米德哈特或家中任何一位志愿者的惩罚，这是一道众所周知的公式。她将贞节安置于处女膜上，受命应将之保护一个特定时期，可那是为了什么?这是另一研究课题了，没人曾研究过，但它是问题的核心。莫非是为了繁殖的纯净，为了家庭，为了群体，为了民族以至整个人类?这扯得太远了!可是，他脑海里怎会出现纯净这个字眼?

穆妮兰就像是一道月光，那样透亮，那样温柔，那样欢畅。万物之中，她是最不可能沾上丑恶与污浊的。可是，她却已经失身，已遭玷污，她对此一清二楚。在嫁给他时，穆妮兰对此心知肚明，但却什么也没对他说，什么也没说。可如果她说了，问题的实质又能有何改变?

米德哈特的眼皮开始发沉，远处的爆炸震响着并传来怪异的回声。他不知为什么觉得很累，一心想着能有一段哪怕短暂的时间得以休息和遗忘。生活中诸事纷繁，对难解疑团的徒劳分析，这都令他心情沉重，十分抑郁。

脑中的思绪，全使他觉得不快。他力图去想些别的事情，把一件件事实联系起来，让自己站到为她、为那个自己不顾一切地爱着的姑娘辩护的立场上去。为了那张灿烂的、笑容可掬的脸庞，为了那对充满笑意的眼睛，为了她那一举一动和每个神情，为了她的胴体、她的温柔和围绕在她四周的光环!

莫非由于自己爱她，就可以推翻、掩饰、隐瞒事实?

这一切，将使自己最终处于何种境地?

这么说，他是绝无可能做出一个决断，回到现实之中的。他清楚，穆妮兰不仅将她自己给了了他，也将她的耻辱一并交付了。穆妮兰已把他放在了她的身边，把她的缺陷与他的爱情、他俩的生活、他的回忆、他的梦想搅和在了一起，躺进了他的怀里，百依百顺地等待着他的判决，任何一种判决……

穆妮兰躺进了他的怀里，对他百般依顺！

那是多么奇妙的梦啊！她的脸粉里透红，汗津津的，那美丽、灿烂的脸上，是一副对他百依百顺的神情。

她心甘情愿地将自己给予了他，出于一种女性的爱欲而绝不是迎合或欺诈。米德哈特一下又想起，他见到压在自己身下的穆妮兰那酒色小腹，她那急促的呼吸，她那时起时伏的肉体，仿佛在迎合着自己。当时他想到的，便是穆妮兰的整个身心，都在期待着自己去将她占有。

米德哈特焦躁不安地在床上翻动着身子，感到热血沸腾。他挪动了一下枕着的脖子和脑袋。爆炸声已不再那么频繁了，但远处依然在响着暴风雨般的喧哗。

他困乏了，思绪时隐时现，头脑发晕。睡意海潮似的一波波向他涌来，他觉得自己已消失于这海潮之中，渐渐沉没了……

第十二章

米德哈特、阿缇娅姨妈和哈吉姨夫隐隐感到，某种局面已经结束。雨淅淅沥沥地下着。时针所指，表明已过了三点半。爆炸的各种回响仍持续不断。

此前，他们把一块干大饼泡在变了色的汤里吃了，然后便躲进临庭院的一间小屋，断断续续地聊着一些毫无意义的事情。他们都很害怕，对局面如何终结感到忧虑。米德哈特不愿告诉两个老人自己心里的想法及准备做出的决定，而是让他们觉得，在这场灾难中，自己是会与他们待在一起的。

枪械的射击声更清晰、更激烈了，哈吉姨夫把自己裹在一条厚厚的绿毛毯里坐在床上，开始讲述他漫长生涯中的故事。他是在昨天晚上突然开始讲述的，还没讲完。也是在昨天午后，当米德哈特醒来时，见侯赛因已经不在了。他是在自己睡着时离开这个家的，一直没回来。当时，米德哈特坐在床上，听着连续不断的机枪扫射声。后来，他洗了洗脸，便下楼来到了两位老人身边。只见他俩，像是被关进了笼中的两只老鼠。他们谁也不说话，只是默默地相对而视。

米德哈特很快便觉得心中十分烦闷，这间小小的屋子，太幽暗了。他想出门，在那一带转一转。他急切地想摆脱烦恼与不安，于是便对两位老人说，过半个小时他就会回来的。

毫无目的地在街巷里穿行时，他的头脑里本来是一片空白，后来才渐渐明白了自己的处境。人们正处于战争的状态之中，正忙于为长期的围困替自己做些准备。一接近每条路的出口，他都被挡住了。这时他唯一的思虑便是自己还能有何作为。他发现所有的通道全已关闭。子弹击穿墙皮，碎石乱迸，留下深深的弹孔。人们隐蔽在街巷的拐角处，一些房子已空无一人。那些人看来是有组织地在活动着。虽说自己与他们一样面临着某种不可知的命运，但不知为什么，米德哈特却觉得自己和他们不是同一种人。他也害怕，但他不愿因为害怕而仅仅想着去逃生。

不到一个小时，他便向回走去。春天的空气中弥漫着湿润的绿叶芳香，他仿佛在阳光下把脸埋进了湿漉漉的绿草之中。突然，在四周胡同里奔跑的人群中，他看见了穆妮兰。只见她裹着斗篷，露出右侧脸庞，一缕秀发飘落在额前。米德哈特一下便惊呆了，心怦怦乱跳。她走得十分慌忙，看来不知该走向何方。米德哈特正想躲开，却见她突然转过了身来。于是，他心中的美丽遐想在那姑娘扭曲的面容前消失得无影无踪。鼻梁、眼睛、嘴巴，一切的一切，都是另一种模样。他是怎会如此经受欺蒙的?

回到两位老人的住所，他依然很激动。两位老人欢迎他的返回，仿佛他为他们带回了外面世界所有惊人的消息。他俩坐在那间弥漫着香烟浓雾的小屋里，蜷缩在炭火暗淡的茶炉旁，一杯又一杯地喝着那黑黑的茶水。米德哈特一边喝茶，一边将自己看到的一切告诉了老人。这时，他已不再因看错了一个姑娘而激动，取而代之的是心中的无限怅惘。老太太问侯赛因今晚是否依然会晚归，米德哈特没有回答。天空中一片枪炮之声，他们的谈话有时几乎都听不见……

在那个忧郁的星期六上午十一点时，隆隆的炮声才把米德哈特惊醒。

中午前，他默默地下楼来到两位老人身边，只见老太太正在厨房里准备午饭，哈吉姨夫依然裹着绿毛毯坐在床上。三人吃着泡在汤里的发了霉的大饼。

淅沥的雨，在午后飘洒起来。米德哈特默然无语地喝着茶，决定等天一黑便离开两位老人。他没把这事告诉他俩，觉得没这个必要。除了这最后时刻的短暂相处，他与他们又有何联系？他俩从某个角度是属于这个地方的，也许留在这儿，他俩便能得救。再说，他觉得自己有必要离开他们。对他来说，这个世界及世上的一切全都已是次要的了。在他的脑海里，连恐惧也成了一个必须逾越的特殊障碍。现在，唯一一个能使自己与之一起存在具有某种意义的人，却不在他的身边。为此，虽说悲痛亦无济于事，但却越发将他引向那个不在一旁的人，引向她——穆妮兰！

他并不很在意两位老人会有何反应，并未因决心离开而自责。即使他俩是他的亲生父母，他也是要走的。他正面临着自己心甘情愿选择的生活考验。

一声炮响，手腕上表针指着五点差几分，屋子可怕地晃动起来。他手中的茶杯掉在地上，立即摔得粉碎。老太太喊道：

“主啊，愿安拉怜悯我们吧！”

米德哈特一跃而起，走出屋子。院里灯光暗淡，不知为何形同一堆废墟。不远处传来一阵惊叫声。米德哈特朝大门走去。老太太躬着背，站在廊檐下，手扶着门框，唤道：

“米德哈特，米德哈特先生！”

两人目光相遇，只见老人欲哭无泪，皱蹙的脸，似乎在忍受着无法忍受的痛苦。米德哈特默默站住，心在悸动。只听她道：

“要走了？”

米德哈特没有回答。

“愿主与你同在，孩子，愿主与你同在。只是，别忘了我们。”

“放心吧，姨妈，我会回来的，放心吧！”

一边说，一边打开了大门。米德哈特觉得，老人似乎并未听到他最后的几句话。

街上到处是呼叫声和枪弹声，人们惊恐万状地奔跑着，朝一个方向冲去。米德哈特与他们一起跑了起来。约一百米开外，有一幢房子，屋顶已被炸掉，墙壁坍塌，烟雾冲天，一些武装人员将它团团围住。未经问询，便有人告诉他说，这房子中了炸弹。人群中一些妇女的哀号，令气氛更为使人心惊。听说这幢房子原本已空无一人，卡塞姆已于今日午后被处决了！

米德哈特觉得，淅淅沥沥的细雨打湿了他的头发、脸庞和衣衫。他悄悄离开人群，心想，在这种情况下，看来必须等到天黑了，于是决定先在街巷里转转。在这潮湿、肮脏的小区街巷里拐进拐出转了半个小时，他发现，各条胡同全都是连着的。偶尔找到一片开阔地，可以由此看到远处的大路，却必须立即远离，否则就会有子弹飞过，并招来一片不知发自何处的警告声。

当他走近一家空无一人的咖啡店时，已是晚上六点左右了，夜色已十分浓重。这一地区的某个地方又响起一阵炸弹的爆炸声。他在一把光秃秃的木椅上坐下，想歇一歇，整理一下思绪。

这家咖啡馆，处于一个较为偏僻的地方。来此前，他看见一位老人把枪交给了另一个人，然后握了握手便走了。这是一种奇怪的迹象，令他惶然。稀少的行人，一个个脸上全显出毫不掩饰的恐惧，让他有些不安。事情并非他所想象的那么简单啊！

他抹去了脸上和头发上的雨水，第一次感到自己的胡子很扎手。假若穆妮兰看见自己，会对他说些什么？他想喝一杯热茶……他和穆妮兰，能说得上话吗？他会拉住她，抚摩她，感触她柔嫩的肌肤、她的两手、双臂和秀发，他会用手指去抚摩她的脸颊、她那大大的眼睛和她的朱唇，久久地享受与她相见的欢乐。他会去抚摩他的女人，他的心上人。他会向她致歉，轻轻诉说一切歉疚的话语。他会告诉穆妮兰，她是属于他的，是她赋予了他生命中的一切……

他想喝一杯热茶。只见这空无一人的咖啡馆的一个角落里站着个少年。他招了招手，那少年却毫不理睬。主啊，要是能抽支烟，接着再喝杯茶，该有多美！

他必须再等等，以便平静下来。月亮升起前，他一定得溜出这地区了。他又向那少年招了招手，少年慢慢走了过来。眼前一群妇女拉着她们的孩子匆匆跑过。那少年很俊，头上扣着顶大帽子，帽檐一直拉到两眼上面。米德哈特问，这店里有侍者吗？少年不语，只是摇了摇头。他长得十分秀气，目光中却充满了疑惧。米德哈特又轻声问着，但附近一阵尖厉的枪声却淹没了他的话音。米德哈特看见，那少年骇然张望，一脸痛苦的神情。米德哈特又重复了一遍他的要求，他发现自己在用恳求的口气对他说话。那少年依然默默无语。他约莫十二岁的样子，带着些女孩气。米德哈特问，什么地方能买到香烟？少年尚未作答，只听后面有一个声音喝道：

“佳瓦娜，佳瓦娜，快过来！”

一个年轻人站在咖啡馆里间门前，正向那小姑娘招手。姑娘朝米德哈特投来奇怪的同情的目光，立即跑了过去。

年轻人胡子拉碴的，一脸敌意，过来问：

“有事吗，老兄？”

“对不住，劳你驾，我要杯茶。”

“没有，老兄！”

那人斩钉截铁地说，让米德哈特觉得有点儿怪。

“好吧，劳驾，我能要支烟吗？”

“我不抽烟！”

年轻人的目光要穿透他的心肺，以了解他是哪一种人，属于哪一派的。

“噢，对不起！那我能在这儿歇一会儿吗？”

“不妨事。老兄，这不就是哈西尼亚咖啡馆嘛！”

说罢，匆匆离去，仿佛已完成了他那复杂的工作。

过了片刻，馆内一盏暗淡的电灯打开了，这令他觉得快慰。这是某种善意的表示，也正是他所需要的。

米德哈特变得对每一个能说明问题的征兆十分敏感了。尤其是因为，穆妮兰并未将自己的事情向他说明，而是让他去理解她，去体会她，去寻找答案。要让她在婚前告诉自己那件事，是不近人情的。那就成了一种懦弱，成了签署一个条约，一个廉价的奴隶条约，成了一种用以保护她自己的令人厌恶的策略。而当她无条件地将自己的生命交与他时——人际关系，本来就是不附带条件的——这才是出于她的忠诚和勇敢。穆妮兰并非是要考验他，她已经感到了他的爱。也许她以为可以相信，他是会理解她的。哦，可爱的人儿啊！

在那近乎一片黑暗的角落里，独自坐在一张木凳上，米德哈特心潮澎湃，充满着对穆妮兰的迫切思恋。想和她相见，想与她交谈，想感受她贴近自己身边。他觉得整个心胸都在起伏。他攥紧手指，要做出件大事来，以便去和穆妮兰亲近；以便向穆妮兰和向他自己表明，他已把握住生命，坚持着生存；他已理解什么是自己的不幸，或者说什么是自己消亡的命运；他已战胜了这个不幸，战胜了死神。因为当了解自己的本能后，就变得比死神更为强劲。生活的熊熊烈焰中，包含着各种死亡的形式，而穆妮兰，则是他最好的选择！

米德哈特觉得，身边似乎有一点儿动静。那是小姑娘佳瓦娜，她拿着支香烟和一盒火柴，正站在一旁，脸上露出一丝看不见的羞涩的微笑。米德哈特接过烟和火柴，热切地表示了谢意。他注意到，帽下露出几缕金色的秀发，直飘落于她不同寻常的耸起的胸前。米德哈特微笑着询问她的名字，女孩说了，声音十分柔美悦耳。若是她一开始便肯说话，米德哈特也不致会看错了。

点上烟，深深地吸了一口，感到头脑有一种令人舒适的晕眩。他一边喷吐烟雾，一边闭上了眼睛。稍微享受一点儿生活的愉悦，便会使人感到多么惬意啊！发现佳瓦娜依然站在一旁，正好奇并友善地看着他，便对她道，能否设法弄一杯茶来？佳瓦娜笑着答道：

"不行，没有！"

她的两只眼睛很大，蓝色的眼珠，即使不说话，仿佛也在倾诉。自己居然曾以为这是个男孩，简直太傻了！米德哈特又问她，走哪条路可以到达公路？她脸上立即现出关注的神色，朝门口看了一眼，又转眼看着他，悄悄指着右方，说：

"从那儿。"

她指的是那条米德哈特曾走过的巷子，那儿通一片开阔地，下坡去便是基法赫大街了。那是他所知道的最危险的一条路，两边都有人把守。

"谢谢，这就帮了我了。"

"您要去哪儿？"

米德哈特用手自右向左地朝远处指了指：

"去那儿……外头，去外头。"

"干吗去啊？您想喝茶？"

说着，微微一笑。这时，响起了一阵连续不断的可怕的枪炮声。姑娘惊惧地四面张望着，双肩微微颤抖。

"别怕，姑娘，你进屋去吧！"

姑娘默默地看着他，脸上露出恐惧、不安，并夹杂些不满的神色。随后，指着火柴盒道：

“给我火柴。”

米德哈特抱歉地把火柴还给了她，又从口袋里找出揉皱了的半块第纳尔，递给姑娘。

“这……给你，姑娘。”

她先是摇了摇头，随后又犹犹豫豫地伸出手去，接过了那张纸币。

“听着，佳瓦娜，有没有一条通大街的不那么显眼的小路？不是那条，是另一条，我要回家。”

佳瓦娜默默无语，看来她是在竭力思索着什么。她折起那半块第纳尔，撅着嘴，朝门口瞥了一眼，轻声道：

“从废墟堆走。”

她悄悄指着右方，又道：“从这儿走，右手边第一个路口，进去一直到底，左边有一条胡同，那儿有一堆废墟，穿过废墟，你就可以……”

她打住不说了，略退一步，四面环顾，并未发现一人，但眼中却露出了忧郁的神色。米德哈特微微一笑，向她道谢，随后便深深吸了口烟。只见那姑娘退后几步，慢慢地走了进去，接着便听见关门的声音。米德哈特觉得，姑娘是没必要欺骗他的。

炮火的声音，依然在空中震响着。抽完这支烟，他便动身。吸罢最后一口，觉得已经烫嘴，他便把烟扔了。又静静待了片刻，这才站起身来，扣上衣扣，朝右手边走去。

雨后，空气清新，带着一股泥土的芳香。笔直的小道辟开大地，唯一的一盏路灯为之抹上一层朦胧的色彩。米德哈特小心翼翼地迈着脚步，细听着枪炮隆隆和隐约的步履声声。那声音从一个方向传来，掠过他身边，却不见一个人影。他发现，在他右边，约距二十米的地方，便是要找的那条胡同入口。这条胡同，宽不足两米，也有一盏暗红的电灯在为之照明。

进了胡同，便沿墙走去。胡同中空无一人，悄然地行走，湿润凉爽的空气，令他稍觉宽心，从那盏灯下走过时，地上映出他的身影，瘦长，摇曳，随后又突然消失了。他只看见有两家的大门是面向这胡同的，而且全紧闭着。行走间，几滴水珠飘落在他头上。脚下一滑，便扶住了墙，然后再继续前行。他努力探视，想找到另一条巷子。他深深地吸着气，有些忐忑不安。若是找不到那堆废墟，又该怎么办?

走完这胡同，来到一个小小的岔口时，天色已经漆黑。右手，路继续蜿蜒而去；左边，是条小巷，看来似乎并无出口。这种不足一米半宽的小道，是不可能还有出口的。他在这小巷中走了几步，便站住了。远处的灯投来暗淡的光线，只照亮了这狭窄小巷的入口。他看见一扇黑色大门，右面有几颗突起的铁钉，左边是一堵扭曲的高墙，前面则是一片黑暗。他用脚探路，小心翼翼地朝前走去，只觉得脚下泥土松软，很滑，便扶住了身旁的墙。

夜，漆黑一片，目光已无法轻易穿透。抬眼望去，却见远处有一片空地。在星星的闪光下，他似乎看见了一幢房子的断垣残壁。他力图看清落脚之处，满怀信心地继续前行。他并不十分放心，但也不害怕，一切顾虑均已打消，只是心中沉甸甸的感觉尚未缓解。他试图相信，一切本该是如此的。

走了几步，在夜空及星星投下的淡淡的光线中，他看清了那堆断垣残壁的轮廓。他惊呆地站住了。只是在这一时刻，他才知道自己内心深处原本并不很相信那个叫佳瓦娜的姑娘，在进行这一试探前，他原本已经有些绝望了！

他梦幻似的走近那所倒塌的房子，围墙不高，大门已经拆除，只有约两米高的两根门柱还伫立着。他登上台阶，站在了门框之内。眼前辽阔的天空星星点点，明光闪闪。月亮尚未升起，但即将升起了。他的眼睛已适应了笼罩着这一地方的黑暗，开始顺着地面观测附近的距离。

这堆废墟原是幢不知何故尚未建成的小小房舍，本应延伸至另一端面朝公路的地方。一阵激烈的枪声，让他突然颤抖起来，看来，那枪声比任何时候更令人惊怕。他想，他可以沿着围墙，一直走到对面，而不致掉进泥坑或与什么东西碰撞。他扶着与门柱相连的围墙开始前行。他觉得墙石刮着了衣服，便稍稍闪开了些。看着前方，两眼有些迷惘，有时什么也看不见；有时一些土堆和暗淡的颜色尚能为他表明四周的事物。他撞在了一堆黑色坚硬的东西上，却不知那是何物。他离开围墙，绕那堆东西转了一圈。脚一滑，失去平衡，几乎跌倒。不过，他撑在地上，让身子直立起来，但指头已沾满污泥。

他朝四周张望，爆炸声无情地不断震响。有的回声隆隆来自远方，有的却就在近处，仿佛就传自对面的马路。他看见了旁边的墙壁，便过去扶着，免得摔倒。他两臂酸痛，带棱角的墙石刺扎着他的掌心。他一边掸去手上的泥土，一边继续前行，气喘吁吁，呼吸十分急促。走这么点儿路，便将他累成这副模样，这令他心中不安。若如此，他又怎能……？

顺墙一拐，米德哈特发现自己已面对着公路。废墟离这条马路约五六十米的样子，高出它约两米，这便是他所估算出的距离。看来，马路空荡荡的，一片漆黑，令人生畏。黑黑的地面上，反射出不知来自何处的光线。隔开废墟与马路的那片空地四周，有几座房屋。从墙后看去，马路对面是几条街巷的入口和一些门户。他并未看见任何人，呼吸依然急促，心跳加剧。

一阵凉风吹来，他抬眼向天空望去。去年夏天，黎明前，在屋顶平台上，他站在穆妮兰的床前，而当时她虽坐起身，却仍在梦中。她恰似处在另一世界之中，并未感到他的存在！那是一个银白色的黎明，月光依然闪耀。当时他曾呼唤穆妮兰的芳名，她也确已听见。这一切，看来是多么遥远啊，远若星辰，远若苍穹！自那以后，他俩的世界有了多大的改变！他俩并无过错，只是屈服于以扭曲的、置人于死地的逻辑将他俩包围起来的一系列事件之中。他俩成了他人的牺牲品，他人……他人……那些待人不忠的人……

站在那堵石墙的后面，他心情抑郁，摆弄着指头，清除沾上的泥巴。心头涌现一些思绪与往事，但眼下这些对他都是毫无意义的。他听到一个尖厉的声音，只见马路上一辆汽车从右面箭一般地疯狂驶来，从他面前经过，随后便在另一端消失。汽车溅起许多水珠，车轮像受伤的野兽在嘶叫，这景象令他心惊。他若要穿越这马路，又会遇到些什么？

从另一个方向，好几次射来一道耀眼的灯光，随后又熄灭了。这提醒他，自己的时间有限，是采取行动的时候了。围墙的高度只到他的胸口，摸摸墙头，发觉是湿漉漉的，有些滑。他决定到与房屋的墙头形成夹角的那地方去，右面便是马路，那是距马路两边的一个最近的点。他直起身子，注意地看着墙脚。暗淡的光线，把眼前的一切全化作了蜃景。他觉得，一堆堆石块有远有近地全都摞在了他的脚下。他鼓足气力，抬起一条腿来，看准了跨到墙头的另一边。身子缓缓落，双脚好像着地了，于是便松开扒着墙头的双手。他没能保持住平衡，脚下一滑，突然仰脸倒下了。

他狼狈地从地上坐起身来，只觉背脊和肩膀有些疼痛，而迎面却就是马路了。环顾左右，不见有何动静，也无光亮和行人。他抚摩着身上的痛处，揉了揉，一股由大小便和腐烂食物混杂的臭味冲鼻而来。他站起身，弯着腰，沿那堆废墟向右走去。绊倒几次，站稳后又调整呼吸，鼓起勇气。

枪声断断续续地越发响了，这声音眼下已毫无意义，只是在和他叫阵，在抵制着他的心意。也许他可以躲在这堆废墟里，待乱事烟消云散，便可得救了，但那时他的心境完全不同。他紧紧地把身子贴在那面对大路的石墙上，似乎要把自己塞进那窄窄的石头缝中。他若是在这儿坐等别人来救，那就无法逃脱自己心灵的惩罚了，那就算不得是获救了！

马路很长，笔直地延伸着，路面平整光洁。光泥地的人行道，与他相距约三米或稍多一点儿。柏油马路宽约十米，再过去又是光泥地的人行道，其宽度估计也是三米。往后，便生出许多条可以逃生的路来。因此，他面前有十六米的行程，就算二十米吧，跑过去需要多少时间？

跑百米的运动员，需十二秒钟或稍多些。对他来说，就算要十五秒吧。那好，跑二十米要多少时间？成正比嘛，十五除一百乘二十，得三秒钟！就说用五秒钟吧，五秒钟以后，一切便可以结束了，或者说，一切又可以开始了……

他小心翼翼地从墙边探出头去，那条大路来自天边，起始处漆黑一片，随后便有零零星星的路灯用暗红的光线将它照亮，路上空无一人。就这样，他又待了五秒钟……

他身子略一后撤，想着自己正敲家里的大门，心跳得厉害。也许家人一下未能认出他来，随后，他便会见到穆妮兰。一进门，他就会呼唤她，见到她的。会见到那张自己心中热爱的脸，会将她引到一边，把她搂进怀里，向她致歉。不，他不会向她致歉的！

突然，他行动了。他不知道自己为什么会在这一刻采取行动。他热切地、悄悄地朝前跑去。晚间的凉风吹拂着他的脸庞，他一下便蹿过了人行道，两条腿一点儿也没发软……

他自然是不会向她，向那个可爱的人儿道歉的，他只会跟她说，他来到她身边了，为了她回来了。她是他的妻子，他已战胜了一切死亡的念头……

踏上那条潮湿的马路，踏上那用柏油铺成的路面，他满怀信心地奔跑起来。两眼望着远处，望着头上辽阔的天幕。这时，他觉得右腿中了一枪，但并未听见枪声。他双膝跪倒在地，惊恐万状。这么说，他生命里的这五秒钟并未能平安地度过。他用手捂住大腿上那剧烈的痛处，手指被一种暖暖的液体染湿了。

他不知所措地张望着，却不见一人。他欲呼救，跟他们说，应该让他活着，他死了，对他们毫无裨益。他又见从另一个方向远处一个阴暗的角落里，发出淡淡的一个闪光，他明白那闪光意味着什么。他待了片刻，待了不超过十分之一秒。可这片刻，对他来说，却如整个世界、整个人生那样久长。在感到胸口与肩头的剧痛之前，他已明白，自己没有成功。他那沾满泥土和鲜血的身体缩成一团，在空无一人的柏油路上可怕的抖动着……

图书在版编目（CIP）数据

遥远的归途 /（伊拉克）福阿德·提克里利著；杨孝柏译. -- 北京：华文出版社, 2017.11

ISBN 978-7-5075-4784-9

Ⅰ.①遥… Ⅱ.①福… ②杨… Ⅲ.①长篇小说-伊拉克-现代 Ⅳ.①I377.45

中国版本图书馆CIP数据核字（2017）第273212号

遥远的归途

作　　者：〔伊拉克〕福阿德·提克里利
译　　者：杨孝柏
策　　划：杨　平
责任编辑：杨　宁　郭俊萍
特邀编辑：李志花
出版发行：華文出版社
社　　址：北京市西城区广外大街305号8区2号楼
邮政编码：100055
网　　址：http://www.hwcbs.com.cn
电子信箱：sinoculturepress@yahoo.com
电　　话：总编室 010-58336239　发行部 010-58336270
责任编辑 010-58336258
经　　销：新华书店
印　　刷：北京联兴盛业印刷股份有限公司
开　　本：710 × 1000　1/16
印　　张：11.25
字　　数：120 千字
版　　次：2017 年 11 月第 1 版
印　　次：2017 年 11 月第 1 次印刷
标准书号：ISBN 978-7-5075-4784-9
定　　价：28.00 元